Ciumento de Carteirinha

uma aventura com *Dom Casmurro*

Ilustrações *Maria Eugênia*

editora ática

Ciumento de carteirinha
© Moacyr Scliar, 2006

Diretor editorial	Fernando Paixão
Coordenadora editorial	Gabriela Dias
Editor assistente	Fabio Weintraub
Preparador	Agnaldo Holanda
Seção "Por dentro da história"	Verônica Stigger
Coordenadora de revisão	Ivany Picasso Batista
Revisoras	Alessandra Miranda de Sá
	Camila Zanon
ARTE	
Projeto gráfico e capa	Victor Burton
Editora	Cintia Maria da Silva
Assistente	Eduardo Rodrigues
Editoração eletrônica	EXATA Editoração
Pesquisa iconográfica	Sílvio Kligin (coord.)

CIP-BRASIL. CATALOGAÇÃO NA FONTE
SINDICATO NACIONAL DOS EDITORES DE LIVROS, RJ

S424c
Scliar, Moacyr, 1937-2011

    Ciumento de carteirinha : uma aventura com Dom Casmurro, de Machado de Assis / Moacyr Scliar. - São Paulo : Ática, 2006.
    il. - (Coleção Moacyr Scliar)
    Contém suplemento de leitura
    ISBN 978-85-08-10110-8

    1. Ciúme - Ficção. 2. Ficção brasileira. I. Assis, Machado de, 1839--1908. Dom Casmurro II. Título. III. Série

05-3793.   CDD 869.93
                                                         CDU: 821.134.3(81)-3

ISBN 978 85 08 10110-8 (aluno)

2021
1ª edição
21ª impressão
Impressão e acabamento: A.R. Fernandez

Todos os direitos reservados pela Editora Ática S.A., 2006
Av. das Nações Unidas 7221, Pinheiros – CEP 05425-902 – São Paulo, SP Atendimento ao cliente: 4003-3061 –
atendimento@aticascipione.com.br
www.coletivoleitor.com.br

IMPORTANTE: Ao comprar um livro, você remunera e reconhece o trabalho do autor e o de muitos outros profissionais envolvidos na produção editorial e na comercialização das obras: editores, revisores, diagramadores, ilustradores, gráficos, divulgadores, distribuidores, livreiros, entre outros. Ajude-nos a combater a cópia ilegal! Ela gera desemprego, prejudica a difusão da cultura e encarece os livros que você compra.

Apresentação

Dentre os sentimentos que nos desnorteiam, o ciúme talvez seja o que possui maior potencial cênico. Com quase nada o ciumento faz o seu teatro e arma a cena, desempenhando vários papéis ao mesmo tempo. Facilmente ele passa de vítima a acusador, de juiz a carrasco: lavra a queixa, julga os envolvidos, profere a sentença e, se calhar, executa a pena.

É esse o caso de Francesco, o Queco, herói da história que você vai ler aqui. Por causa de uma competição escolar (de cuja vitória dependerá a reconstrução do colégio em que ele estuda), Queco se verá às voltas com a leitura de *Dom Casmurro*, clássico romance de Machado de Assis sobre o ciúme.

Durante a leitura, no entanto, Queco se identificará completamente com o drama de Bentinho, joguete nas mãos da "oblíqua e dissimulada" Capitu, ambos personagens machadianos. Isso ocorre porque também ele foi mordido pelo ciúme em relação a Júlia, namoradinha de infância e parceira de equipe na competição. O ciúme o afastará de seus amigos, a ponto de levá-lo a cometer uma fraude que envolve o próprio Machado de Assis.

Mas não nos adiantemos. Acompanhe você mesmo as peripécias de Queco nas páginas seguintes. E veja de perto como um grande autor pode nos levar longe, quando lido com atrevimento e inquietação.

Sumário

1. No começo, foi a catástrofe 9
2. Surge uma possibilidade 17
3. Descobrindo *Dom Casmurro* 28
4. E agora, com vocês: o narrador 34
5. Um ciumento de carteirinha 40
6. A história faz a minha cabeça 50
7. Preparando a briga 55
8. Guerra é guerra 72
9. Fato novo 79
10. Machado "escreve" uma carta 85
11. A farsa segue em frente 91
12. Reta final 99
13. Inesperada repercussão 106
14. O julgamento 112
15. Resultado surpreendente 124

Biografia 130
Por dentro da história 132

1 | *No começo, foi a catástrofe*

izem que os jovens não gostam de ler. Não é verdade. Jovens leem, sim, e leem com prazer, desde que sejam bem motivados. Disso posso dar um exemplo pessoal: na minha turma de colégio tínhamos grandes leitores. Tínhamos não, temos: muitos de nós continuamos amigos e, quando nos reunimos, agora com nossas mulheres e nossos filhos, sempre falamos dos livros que estamos lendo, dos livros que já lemos um dia – livros que, garanto a vocês, fizeram nossa cabeça. A gente aprendeu muita coisa com a leitura, muita coisa que vem nos ajudando pela vida afora. E, muito importante, aprendemos com prazer e emoção. Como dizia o professor Jaime: livro bom é aquele que emociona, que diverte – e que ensina a gente a viver.

Grande Jaime. Ele já não mora mais em nossa cidade, e não o vejo há tempos, mas até hoje me lembro dele, um homem grandão, de óculos, olhos arregalados, barba grisalha, malvestido, a barriga aparecendo através da camisa – cara desleixado estava ali. Sempre levava consigo uma pasta cheia de livros: minha biblioteca portátil, segundo dizia. Jaime adorava ler, lia em qualquer lugar: na fila do banco, na lanchonete enquanto esperava o sanduíche. Fazia questão de partilhar conosco seu entusiasmo pela leitura: "Cara, você *tem* de ler este livro", "Cara, este escritor vai fazer a sua cabeça, como fez a minha". Ah, e estava sempre nos lançando desafios: "Duvido que vocês adivinhem o fim deste conto" ou "Quero ver se vocês deduzem, pela temática do romance, em que época viveu o autor". Cada desafio significava a descoberta de um livro ou de um autor para nós desconhecido. E foi graças ao Jaime que vivi – vivemos – uma inesperada aventura. Um acontecimento que para mim, particularmente, foi decisivo, e de que ainda hoje, doze anos passados, lembro-me perfeitamente.

* * *

Era uma quinta-feira, dia em que tínhamos aula com o Jaime. Chovia torrencialmente – aliás, fazia uma semana que a chuva desabava sobre a região, alagando rios e provocando deslizamentos de terra: várias estradas e ruas tinham ficado bloqueadas, causando um problemão para o trânsito. Ainda por cima eu estava resfriado, de modo que minha mãe achou que eu deveria ficar em casa. Insisti, exatamente por causa do Jaime:

– Ele disse que tem uma surpresa para nós, mamãe. E eu quero saber que surpresa é essa.

Ela suspirou.

– Você é teimoso mesmo – disse. – Vá, então. Mas abrigue-se bem. E leve o guarda-chuva.

Lá fui, debaixo do aguaceiro, para Santa Ifigênia, bairro que no passado até mansões imponentes sediara. Itaguaí é uma cidade histórica, data do período colonial. Chegou a ser importante durante o Império e mesmo no começo do século XX. Disso dão testemunho o prédio da prefeitura e as ruazinhas tortas do Lavradio, pitoresca região onde agora fica o pequeno comércio. Nos últimos anos o centro até que se desenvolveu bastante, com novas lojas, agências bancárias e um *shopping*, mas o bairro da Santa Ifigênia deteriorou-se; o que se veem ali agora são casas velhas e ruas esburacadas. A escola fica numa subida, na encosta do pedregoso Morro da Carranca, assim chamado porque uma das muitas pedras existentes naquele local parecia uma cara humana com expressão ameaçadora. Expressão ameaçadora que, aliás, se revelaria profética.

À medida que eu subia a ladeira a chuva apertava e, quando finalmente cheguei à escola, achei que não encontraria quase ninguém, que muita gente faltaria à aula. Mas estava enganado: a turma viera em peso, todos curiosos por causa da tal surpresa. Ali estávamos, em nossa pequena sala de aula, aguardando na maior expectativa. Pouco tempo depois chegou o Jaime – encharcado, o pobre. Meio desligado, viera sem capa, sem guarda-chuva, sem nada. Mas tomara a precaução de proteger, com um saco plástico, a surpresa que havia prometido. Era um pequeno livro que tinha encapado, obviamente para impedir que descobríssemos de que obra se tratava. Anunciou, emocionado:

moacyrscliar

– Quero apresentar a vocês uma obra-prima. Um clássico da literatura brasileira.

Muitos jovens ficam com um pé atrás quando se fala em clássico, e na nossa turma isso era comum: clássico é literatura do passado, diziam vários dos meus colegas, é coisa superada, fora de moda. Para Jaime essa atitude não passava de preconceito; grandes clássicos, sustentava ele, podem resultar em leitura prazerosa.

– Vou mostrar a vocês este livro sensacional, mas primeiro quero ver quem sabe que obra é esta. O estilo do autor é inconfundível, é marca registrada. Ouçam só o primeiro parágrafo.

Abriu o livro e leu, com aquela sua bela voz de barítono:

– *Uma noite destas, vindo da cidade para o Engenho Novo, encontrei no trem da Central um rapaz aqui do bairro, que eu conheço de vista e de chapéu. Cumprimentou-me, sentou-se ao pé de mim, falou da lua e dos ministros, e acabou recitando-me versos. A viagem era curta, e os versos pode ser que não fossem inteiramente maus. Sucede, porém, que como eu estava cansado, fechei os olhos três ou quatro vezes; tanto bastou para que ele interrompesse a leitura e metesse os versos no bolso.*

Fez uma pausa e comentou:

– Esse rapaz evidentemente não gostou da atitude do nosso narrador: todo cara que lê versos quer ser ouvido. Magoado, ele deu ao homem um apelido, que pegou e ficou famoso, no Brasil e até fora do país. O apelido, a propósito, é também o título do livro. E atenção para a pergunta de cem milhões de dólares. Alguém saberia me dizer que apelido é esse, que título de livro é esse?

Fez-se um silêncio cheio de suspense, e Jaime anunciou:

– Pois o apelido, que, como eu disse, dá título ao livro, é...

Não chegou a terminar a frase: ouvimos um ruído assustador, algo como se fosse um trovão, e depois um estrondo, e em seguida aquela coisa aterradora: o teto da sala começou a ceder e a desabar.

– Todos para fora! – gritou Jaime.

Ia ajudar o pessoal que estava perto dele, mas nesse momento sumiu: parte do teto tinha caído exatamente no lugar em que ele estava. No meio do que fora a nossa sala havia agora uma grande pedra, de uns dois metros de largura ou mais. Eu olhava, sem entender: o que era aquilo? Um meteorito foi a primeira hipótese que me ocorreu: no dia anterior eu havia lido uma notícia qualquer sobre chuva de meteoritos. Mas meteorito coberto de vegetação? Impossível. Finalmente dei-me conta. Aquilo era a Pedra da Carranca, que dera nome ao lugar, e que estava ali porque rolara do alto do morro e viera cair sobre o colégio, destruindo o telhado, fazendo com que uma parede inteira desabasse. Em suma, uma catástrofe, verdadeira catástrofe. Por milagre, nenhum dos alunos ficara ferido, mas onde estaria o Jaime?

Começamos a procurá-lo no meio dos destroços, e finalmente o encontramos, meio soterrado por caibros e telhas, o sangue escorrendo de um ferimento na testa. Com muita dor, ele tentou, contudo, fazer uma piada:

– Isto deve ser obra do fantasma daquele poeta ofendido...

Com cuidado, nós o tiramos dali. Uma ambulância chegou pouco depois e levou-o ao hospital, para onde fomos também. Aguardamos, nervosos, enquanto ele era examinado e radiografado. Finalmente conseguimos falar com o doutor

Eustáquio, veterano médico de Itaguaí, que estava atendendo o Jaime. Para nosso alívio, as notícias não eram ruins: afora as fraturas, uma delas meio complicada, ele não tinha sofrido ferimentos graves, nenhum órgão vital havia sido atingido.

– Ele vai ficar bom – garantiu o médico, e até gracejou:

– Se vocês pensavam que iam ficar sem aula durante muito tempo, percam a esperança.

Respiramos aliviados. O Jaime era uma unanimidade, todos gostavam dele, e a última coisa que desejaríamos era vê-lo doente ou entrevado.

Como era um homem só, sem família, decidimos cuidar dele. Durante dias nos revezamos, visitando-o no hospital, torcendo para que ele melhorasse. Depois de algumas complicações – uma infecção que exigiu grandes doses de antibióticos – isso, felizmente, aconteceu. A recuperação era lenta, mas segura. Logo ele voltou a ser o Jaime de antes, o professor dedicado que todos conhecíamos: até no quarto do hospital lia e falava de literatura.

Então nos demos conta de que tínhamos outro, e sério, problema a enfrentar: boa parte da escola estava em ruínas. Esta escola, entre parênteses, era um orgulho para a cidade. Para começar, levava o nome de José Fernandes da Silva, seu fundador, um homem que dedicara a vida a educar crianças e que era, entre nós, uma verdadeira lenda viva. Havia uma rua José Fernandes da Silva, um prêmio cultural José Fernandes da Silva, uma estátua, verdade que meio precária, de José Fernandes da Silva, isto sem falar na enorme quantidade de crianças que eram batizadas com seu nome.

Além disso, na escola José Fernandes da Silva tinham estudado pessoas importantes para nós: o prefeito Gondim (duas vezes reeleito), o doutor Eustáquio, o poeta Jerônimo de Oliveira, publicado até em Portugal. E agora acontecia aquilo, a catástrofe. Não era só o antigo prédio que havia sido atingido, era a nossa autoestima. Reconstruir o prédio era, pois, prioridade. Mas, como afirmou o engenheiro Otávio, também ele ex-aluno do Zé Fernandes, aquilo não seria obra pequena; todo o telhado teria de ser refeito, as paredes precisavam ser reforçadas. Essa obra custaria muito, muito dinheiro.

– Seria melhor fazer uma escola nova – opinou.

Proposta que não tinha muito apoio; afinal, o prédio fazia parte da história da cidade. Na parede do fundo, por exemplo, havia um lindo e antigo vitral, que atraía até turistas de outros lugares. Mas parte desse vitral estava quebrada. Teríamos de restaurá-lo, como teríamos de restaurar o prédio em geral. Mas de onde tirar recursos para isto? A escola, mantida por uma associação comunitária, era pobre. A prefeitura de Itaguaí e alguns empresários se dispunham a ajudar, mas mesmo assim ainda faltaria muito dinheiro.

Uma reunião foi convocada pela diretoria. Nós, os alunos, lá estávamos, junto com nossos pais e ex-alunos. A discussão prolongou-se por horas. Nenhuma boa solução surgia; por fim, e na falta de opção melhor, decidimos fazer uma coleta de fundos. Já no dia seguinte grupos de alunos e pais começaram a percorrer estabelecimentos comerciais pedindo doações. Conseguimos alguma coisa, mas a quantia ainda era insuficiente. Resultado: não sabíamos o que fazer.

2 | *Surge uma possibilidade*

Nesse meio-tempo as aulas estavam sendo dadas no salão paroquial da igreja do bairro, cedido pelo padre Afonso. O lugar era pequeno; tivemos de improvisar divisórias, trazer mesas, cadeiras, quadro-negro. O pior é que o salão só tinha um banheiro, minúsculo. Volta e meia formava-se uma fila na porta, todo mundo reclamando da demora.

Mas, de um jeito ou de outro, as coisas funcionavam. O Jaime fora provisoriamente substituído pela jovem professora Sandra, que também era ótima, e que igualmente sabia nos motivar para a leitura.

Estávamos justamente tendo uma aula com ela quando o Vitório entrou, correndo e agitado. O que não era comum: presidente reeleito do grêmio do colégio, Vitório era conhecido como um cara tranquilo, ponderado. Defendia as causas estudantis com muito ardor – se fosse necessário reclamar de algum problema do colégio ele ia à Rádio Itaguaí ou ao *Diário Ita-*

guaiense –, mas exercia essa capacidade de liderança de maneira equilibrada, madura. Um exemplo, segundo nossos professores. Por isso surpreendia a excitação que ele agora mostrava. Ainda ofegante da corrida, pediu desculpas à professora por ter se atrasado, e por ter entrado daquela maneira tão brusca, mas havia motivos para tanto; ele acabara de ser informado de algo que poderia ser muito importante para o futuro da escola, e que gostaria de transmitir aos colegas – se a professora permitisse, obviamente.

– Vá em frente – disse Sandra. – Até eu estou curiosa.

– Já vou contar do que se trata – disse Vitório. – Mas primeiro tenho uma consulta para lhe fazer, mestra. Uma consulta literária, aliás. Posso perguntar?

– Se eu souber responder... – respondeu Sandra, divertida.

– Então vamos lá. No dia do desastre, o professor Jaime disse que iria nos apresentar um livro muito importante. Leu o começo, que até lembro: o narrador diz que está vindo da cidade para o Engenho Novo, e aí encontra um poeta, e o poeta quer ler pra ele uns versos, mas ele não está com muita vontade de ouvir... Pergunto: você por acaso *sabe*, Sandra, de que livro o Jaime estava falando? Pensei em procurá-lo, mas considerando que o coitado ainda está se recuperando...

– Não é preciso incomodar o pobre Jaime – retrucou Sandra. – Eu sei que livro é esse. E acho que vocês também sabem, pelo menos de ouvir falar. O título do livro resulta de um apelido que o jovem poeta, chateado porque acha que não teve a atenção merecida, dá ao narrador. Ele usa um termo não muito comum, hoje em dia, mas que designa uma pessoa fechada, retraída, meio antissocial: casmurro. O livro se chama *Dom Casmurro*. O Jaime...

Ciumento de Carteirinha | 19

— *Dom Casmurro*! — bradou Vitório, interrompendo-a. — *Dom Casmurro*! Eu sabia que era o *Dom Casmurro*! Eu tinha certeza de que era o *Dom Casmurro*! Não é o Machado de Assis, o autor desse livro?

Sandra, surpresa com aquela reação inusitada, disse que sim: *Dom Casmurro* fora escrito por Machado de Assis. Vitório estava radiante:

— Machado de Assis! *Dom Casmurro*, do Machado de Assis! Gente, sem saber o professor Jaime nos transmitiu um recado! Um recado do Destino!

Nós o olhávamos assombrados. Nunca tínhamos visto o Vitório daquele jeito. Teria ficado maluco, o cara? Como que adivinhando o nosso pensamento, ele tratou de nos tranquilizar:

— Sosseguem, meus caros colegas, não estou louco. Sei muito bem do que estou falando.

Tirou do bolso um recorte de jornal:

– Estou falando disto aqui. É uma notícia que saiu hoje no *Jornal de Santo Inácio* e que me foi dada pelo padre Afonso agorinha mesmo.

Santo Inácio é a cidade vizinha, um pouco maior e um pouco mais próspera que Itaguaí. Como vocês podem imaginar, existia uma tradicional rivalidade entre os dois lugares. Estamos sempre competindo com "eles": nosso futebol é melhor (mesmo porque temos dois times, o Itaguaiense e o Conquista, e eles têm um só), nossa estação rodoviária é maior. E estamos sempre lendo o *Jornal de Santo Inácio*, para ver "o que eles estão aprontando".

– Posso ler a notícia? – perguntou Vitório. Sandra fez que sim com a cabeça e Vitório leu: – "Capitu em julgamento. Há muitas décadas os leitores do Brasil inteiro debatem a questão: Capitu traiu ou não traiu? Agora, esta dúvida que envolve a famosa personagem do romance *Dom Casmurro*, de Machado de Assis, dará origem a um original julgamento simulado…"

Seguia-se a explicação de como seria esse julgamento. Poderiam inscrever-se estudantes de ensino médio de Santo Inácio e das cidades vizinhas, em grupo ou isoladamente, para "defender" ou "acusar" Capitu. Seriam avaliados tanto o conhecimento da obra como a capacidade de argumentação. Para escolher o melhor trabalho (de "acusação" ou de "defesa", isso era indiferente), haveria uma espécie de tribunal no qual um advogado de Santo Inácio faria o papel de juiz. O júri seria composto por pessoas conhecidas, incluindo vários professores de literatura; e as pessoas que assistissem ao julgamento poderiam votar.

– E agora – disse Vitório – vem o melhor. O prêmio. É em dinheiro, e está sendo oferecido pela Fábrica de Sabonetes Santo Inácio, que, como vocês sabem, é muito grande, e agora abriu outra linha de produtos: eles estão lançando um

Ciumento de Carteirinha | **21**

perfume para gente jovem chamado, justamente, Capitu, daí o concurso. E vocês sabem de quanto é o prêmio? Sabem? Alguém aí tem uma ideia?

Ninguém tinha. Ele respirou fundo e disse a quantia.

Era muita grana. Deus do céu, era muita grana. Mas a troco de quê o Vitório estava nos dizendo aquelas coisas? Esta foi a pergunta que lhe fiz. Ele me olhou meio surpreso:

— Mas você não se deu conta, cara? Você, que é um cara inteligente? Nós vamos entrar nesse concurso! Nós vamos ganhar, e com o dinheiro vamos arrumar nossa escola!

Agora, arrebatado, gesticulava como se estivesse num comício:

— É o Destino, gente! Destino com "D" maiúsculo! Por que vocês acham que o Jaime nos falou de *Dom Casmurro* bem no dia do desastre? Porque o Destino estava nos mandando um recado. Ele estava dizendo que Machado de Assis ajudaria a reconstruir a nossa escola.

Nós ouvíamos, espantados. Será que o Vitório, um cara inteligente, ponderado, acreditava mesmo naquela coisa de Destino? Isso é bobagem, eu ia dizer, mas a Júlia se antecipou:

— Escuta, gente. Eu não sei se é Destino ou não, se é com "D" maiúsculo ou minúsculo, mas acho que essa ideia do Vitório é muito boa. Pra começar, nada temos a perder; e, se ganharmos o concurso, vamos trazer prestígio ao colégio e à cidade, e conseguir dinheiro para a obra. Ah, sim, tem mais uma coisa: a nossa vitória será uma lição para o pessoalzinho de Santo Inácio, que se julga superior a nós.

Voltou-se para o Vitório:

— Comigo você pode contar.

***

Júlia.

Cada vez que ela falava, meu coração batia mais forte.

A gente se conhecia desde a infância. Tínhamos até morado em casas vizinhas. Nos fundos do quintal dela havia uma casinha que era nosso refúgio; ali ficávamos horas. Era uma relação tão próxima, a nossa, tão terna, que nossos pais não hesitavam em dizer: esses dois vão acabar se casando. O que, para mim, era um sonho. Eu achava Júlia simplesmente linda, adorava os seus grandes olhos azuis, a boca de lábios polpudos, a cabeleira loira. Adorava particularmente sua voz, que parecia veludo, e até tinha feito para ela um poeminha, um mau poeminha, que começava assim: "De tudo que já ouvi, de tudo/a tua voz, que parece veludo...", e por aí eu ia. Júlia gostava de meus poemas, gostava de mim, repetia a todo instante que me amava, mas disso eu não tinha muita certeza.

À medida que o tempo passava, as dúvidas cresciam: às vezes me parecia que sim, que éramos namorados. Por exemplo, quando eu ia à casa dela, e ela me recebia, e me levava a seu quarto, e ficávamos trocando beijos e carinhos... Mas já no dia seguinte ela se mostrava distante, até fria.

O fato é que ela era uma garota complicada, sobretudo por causa da situação familiar. Depois de uma longa e difícil convivência os pais tinham se separado, um rompimento tumultuado, com muitas brigas e acusações. O pai mudara para o Rio de Janeiro e raramente aparecia. Júlia morava com a mãe, funcionária pública, mas as duas não se davam muito bem; discutiam por coisas insignificantes. E havia um irmão com problemas mentais, que passava a maior parte do tempo no hospital. Ou seja, razões a Júlia tinha para ser instável, imprevisível mesmo, e isto, claro, se refletia em nossa relação.

Ciumento de Carteirinha | 23

Se vocês me perguntassem se a gente namorava, namorava mesmo pra valer, eu não saberia responder; às vezes me parecia que sim, outras vezes que não. Tinha dúvidas, e isto fazia com que eu morresse de ciúmes. Aliás, ciumento sempre fui, desde criança; não podia ver meus pais brincando com outro menino, que tinha ataques. Mas em relação à Júlia essa coisa era muito mais forte. Eu a vigiava constantemente; ficava por conta quando a encontrava conversando com outro colega, o que sempre acontecia, porque ela gostava de bater papo. Eu tinha a impressão de que ela dava bola para todo mundo. O que a irritava:

– Você é um cara antigo. Você é daqueles que acham que as garotas não podem falar com ninguém, não podem olhar pra ninguém… Você é ciumento. Reconheça isso: você é um ciumento de carteirinha.

Verdade: eu era um ciumento de carteirinha. Talvez aquilo fosse um traço de família: meu avô, por exemplo, homem muito severo, não permitia que a esposa saísse sem ele; achava que mulher tem de ficar em casa, cuidando da família e sem ter contato com qualquer outro que não o marido. Quando lhe diziam que era ciumento não negava, respondia com uma única frase: "Ciúme é sinal de amor". Palavras que eu também dizia a Júlia, durante nossos bate-bocas, que não eram raros.

Enfim: namorados, destes que são reconhecidos como tal pelos colegas, pelos amigos, pelos pais, a gente não era. De qualquer jeito convivíamos, e convivíamos bastante. Tínhamos um grupo, do qual faziam parte, além de nós dois, o Vitório e a Fernanda. Amiga íntima de Júlia, a Nanda, como nós a chamávamos, era uma morena bonita (não tanto quanto a Júlia, mas bonita, sim), muito viva, muito inteligente. "O quarteto", era como o Jaime nos chamava.

* * *

Mas então estava ali o Vitório falando, no maior entusiasmo. Olhei ao redor, e vi que muitos colegas balançavam a cabeça de forma aprovadora; alguns mostravam-se bem interessados.

Eu ainda não estava inteiramente convencido. Talvez por não gostar muito desse tipo de competição, tinha dúvidas acerca de como nos sairíamos e resolvi me manifestar:

– A gente nem sequer leu o livro do Machado de Assis. Só conhecemos o primeiro parágrafo…

– Qual é o problema? – retrucou Júlia (de vez em quando ela gostava de me contrariar em público. Isso fazia parte das nossas complicadas relações). – *Dom Casmurro* está aí, ao nosso alcance. É só ler e discutir. No mínimo, vamos dar uma grande alegria ao Jaime; afinal, era exatamente isso que o coitado pretendia, quando aconteceu aquele desastre. Eu particularmente estou curiosa. Não sabia que tinha essa história de traição, mas agora que sei, estou ansiosa para saber do que se trata.

– Eu também gostaria de saber do que se trata – disse a Nanda, os olhos cravados em Vitório. Todo mundo achava que ela tinha uma secreta paixão pelo rapaz.

Sandra não dizia nada. Olhava-nos, sorrindo.

– E você, que acha? – perguntei. – Afinal, você é a nossa mestra...

– Eu acho uma boa – ela disse. – A literatura é uma casa de muitas portas: a porta da curiosidade, a porta do interesse, a porta da afinidade... Tem gente que vai em busca de um livro porque um amigo recomendou. Tem gente que gosta do autor, tem gente que está interessada pessoalmente no tema... Isso não importa. O que importa é gostar, é se emocionar, e aprender. Essa história do prêmio é meio engraçada, mas, se funciona como motivação para vocês, sigam em frente. A causa é boa, pessoal. Arranjar dinheiro para reconstruir a escola é muito importante. Portanto, será ótimo se vocês ganharem esse concurso. Se não ganharem, no mínimo terão descoberto, e estudado, um grande livro. Podem contar comigo para isso. E tenho certeza de que vocês podem contar com o Jaime também.

Eu hesitava ainda, e, como eu, mais um ou outro colega. Será que não estávamos alimentando falsas esperanças? Afinal de contas, não tínhamos a menor experiência em concursos como aquele. Nem sabíamos quem seriam os adversários.

moacyrscliar

Com essas ponderações, que fiz em voz alta, alguns já se mostravam desanimados, e aquilo foi algo que o Vitório percebeu. De imediato, mostrou as suas qualidades de líder. Ele não deixaria a peteca cair:

– Pessoal, acho que a questão está bem clara. Temos uma chance de ouro para ajudar nossa escola. Já ouvimos os prós e os contras, agora temos de decidir. Vamos votar: quem acha que devemos participar do julgamento da Capitu, levante a mão.

Aos poucos, as mãos foram se erguendo. Apesar de relutante, acabei aderindo à maioria. No fim, era unanimidade: todos tinham se convencido, todos queriam participar do concurso. Um dos colegas sugeriu que, para isso, o Vitório organizasse um grupo de trabalho.

– É pra já – disse o Vitório, e indicou os nomes: o meu, o da Júlia e o da Nanda, mais ele próprio: o "Quarteto". Que foi aprovado pelo resto da turma.

– Ótimo – disse Vitório. – Já avançamos bastante. Agora, temos de decidir o que o grupo de trabalho vai fazer.

– Quem sabe, pessoal, a gente, além de falar com a Sandra, se reúne também com o Jaime? – sugeriu Nanda. – Tanto o Jaime como a Sandra conhecem bem o livro, podem nos dar boas dicas.

Todos concordaram. Jaime já tinha deixado o hospital, mas ainda estava em casa, de repouso; tão logo terminou a aula da Sandra, Vitório ligou e perguntou se ele podia receber um grupo de alunos:

– O "Quarteto", Jaime. O "Quarteto" que você conhece...

Jaime topou nos receber, e o encontro foi marcado para as quatro da tarde do dia seguinte. Mas eu ainda estava em

Ciumento de Carteirinha | 27

dúvida se deveria ir junto; sim, tinha sido escolhido para o grupo, mas no fundo o meu entusiasmo por aquele tal de julgamento não era dos maiores e foi o que eu disse a Vitório:

– Não sei se vou atrapalhar mais do que ajudar...

Ele não queria saber de minhas dúvidas. Por causa da nossa longa convivência, Vitório me conhecia bem, sabia que às vezes podia até decidir por mim:

– Você vai, e estamos conversados. Somos um grupo, ou não somos? E tenho certeza de que você acabará vestindo a camisa.

Às quatro horas em ponto do dia seguinte lá estávamos, na modesta casa em que o Jaime morava, sozinho. Poucos meses antes a esposa deixara-o por outro homem, um dentista que morava em Santo Inácio. Todo mundo sabia que a separação abalara o Jaime, mas ele resolvera seguir com sua vida. Inclusive permanecera na mesma casa e fazia questão de manter o pequeno, mas bonito, jardim, no qual trabalhava todos os fins de tarde.

3 | *Descobrindo* Dom Casmurro

Jaime nos recebeu de roupão. Emagrecera, o coitado, mas mostrava-se animado:

– A gente não pode se deixar abater. O importante é não perder a coragem, é enfrentar os problemas.

Levou-nos para o quintal, nos fundos da casa. Sentamos nos bancos rústicos que ele mesmo confeccionara. Estava um dia bonito: agora que parara de chover, um sol quente brilhava sobre Itaguaí. Jaime nos olhou:

– E então, pessoal do Quarteto? Estou curioso para saber o que de tão importante vocês têm para tratar comigo. Alguém de vocês é candidato ao prêmio Nobel de literatura?

– É melhor do que o prêmio Nobel – gracejou Vitório. – Dê só uma olhada.

Estendeu-lhe o recorte do jornal. Jaime leu a notícia, optando por achar graça:

– O Machado deve estar se virando no túmulo com esta... Mas, enfim, uma iniciativa assim pelo menos chama a atenção para a literatura brasileira. Imagino que vocês me trouxeram esta notícia porque íamos começar a leitura do *Dom Casmurro*...

– Não só isto – disse Vitório. – Trouxemos a notícia porque resolvemos participar desse julgamento.

– Participar do julgamento? – disse Jaime, surpreso. – Mas vocês nem conhecem o livro...

– Vamos conhecer. E conhecer a fundo. Você e a Sandra nos ajudarão.

Ele se pôs de pé, animado.

– Nós vamos ler *Dom Casmurro* do começo ao fim, Jaime, nós vamos descobrir tudo sobre este livro. Traiu, não traiu? É com a gente mesmo, a resposta. E o julgamento... É importante, mestre Jaime. É importante por causa do livro, e é importante por causa do prêmio. É a quantia de que a gente precisa para arrumar o colégio Zé Fernandes. Você não acha que isso é coisa do Destino?

Jaime disse que não acreditava muito nisso; destino a gente faz, era a opinião dele. Mas topava a parada:

– De qualquer modo, lendo o livro do Machado, vocês vão viver uma verdadeira aventura literária. E, se ganharem o prêmio para a escola, para mim será motivo de alegria.

– A gente sabia que podia contar com você – disse Júlia, e a Nanda acrescentou:

– É por isso que você é um grande professor!

Todos estando de acordo, a questão agora era planejar o que fazer. Jaime tinha uma proposta:

moacyrscliar

– Já vi que vocês serão o grupo que vai tocar em frente essa questão do julgamento. Muito bem. Vocês leem o livro, nós discutimos em conjunto. E há muito o que discutir, pessoal. A verdade é que *Dom Casmurro* vem provocando polêmica desde que foi publicado, em 1899. Aliás, foi uma época interessante, aquele fim do século XIX. Uma época de grandes transformações sociais e políticas: abolição da escravatura, fim do Império, proclamação da República... A capital era o Rio de Janeiro, onde Machado nasceu e onde passou toda sua vida. Ele era de família pobre: avô escravo, pai operário, mãe lavadeira... Os pais eram agregados de uma senhora que tinha propriedades... Naquela época isto era muito comum. A sociedade brasileira era como uma pirâmide: no alto, estavam os ricos e poderosos, em geral fazendeiros, proprietários de terra, ou então gente de posses, como banqueiros e ricos comerciantes; lá embaixo, os escravos, que praticamente faziam todo o trabalho. No meio, uma camada intermediária, pessoas que não eram escravas, mas que não eram proprietárias, e que nem sempre tinham como sobreviver; dependiam, portanto, dos favores dos ricos, e a eles eram subordinados. Ou seja: não tinham muita autonomia para decidir sobre suas próprias vidas... Entre essas pessoas estavam os agregados, que moravam de favor em grandes propriedades rurais, prestando pequenos serviços. Aliás, vocês vão ver que no livro aparece um agregado desses, o José Dias... O escritor está falando, portanto, de uma situação que conheceu de perto.

– Situação meio deprimente – observou Nanda. – O coitado do Machado pelo jeito não teve muita sorte.

– Não teve mesmo. Ele era pobre, mulato (numa época de racismo escancarado) e doente: sofria de epilepsia, ou

seja, tinha crises convulsivas. Desde cedo precisou trabalhar para ajudar a família: vendia doces. Que se saiba, nunca foi à escola. Com muito esforço e graças à sua inteligência, aprendeu a ler ainda bem pequeno; conseguiu se educar. Mas gostava mesmo de escrever: começou a publicar na imprensa ainda muito jovem, ao mesmo tempo que trabalhava como tipógrafo e revisor, tornando-se, mais tarde, jornalista. Como muitos contemporâneos, tratou de ganhar a vida entrando no serviço público; chegou a ser um importante funcionário do Ministério da Agricultura. Era respeitadíssimo como escritor e foi o primeiro presidente da Academia Brasileira de Letras. Nos seus livros, Machado fala de um Rio que era a capital federal, mas uma cidade bem menor e bem diferente do que é hoje o Rio de Janeiro.

– Mais conservadora, decerto... – disse Júlia.

– Muito mais conservadora. O Brasil de hoje é fichinha comparado ao Brasil daquela época. Era um país com uma estrutura social muito rígida; cada um tinha de ficar no seu lugar, pobres separados dos ricos, brancos separados dos negros. A relação entre homens e mulheres era complicada, cheia de preconceitos. Mulher tinha de ser submissa ao marido; ficava em casa, cuidando das crianças. Trabalhar fora, nem pensar: marido nenhum admitiria isso. Como vocês podem imaginar, essa situação criava ressentimentos, suspeições. *Dom Casmurro* fala de uma questão muito delicada, que é a questão dos ciúmes. É um livro que...

Interrompeu-se, olhou o relógio:

– Desculpe, gente, mas acabo de me dar conta: daqui a cinco minutos vem o cara da fisioterapia. Vamos ter de ficar por aqui hoje. Alguma coisa sobre Machado e sua época vocês já sabem. Mas nós vamos nos aprofundar mais neste tema, bem mais.

Colocou-se à nossa disposição para ajudar em tudo. E terminou dizendo que estava confiante:

– Eu conheço vocês quatro. Formam um grupo ótimo. Tenho certeza de que vão levar a coisa em frente. Não é missão impossível, pessoal.

Não, não era missão impossível. Podia ser uma tarefa difícil, mas nós já estávamos sentindo aquilo como desafio, estimulante desafio. O que não sabíamos era que naquele momento estávamos dando início a uma verdadeira aventura, que teria repercussão em nossas vidas.

4 | *E agora, com vocês: o narrador*

Machado de Assis narra *Dom Casmurro* em primeira pessoa, e assim nós ficamos conhecendo o personagem. Peço licença para fazer a mesma coisa, falando um pouco de mim; afinal, vou acompanhar vocês nesta narrativa.

Chamo-me Francesco. O nome, que é uma homenagem a meu tataravô italiano, considerado o patriarca da família, completa-se com um absurdo Formoso, ideia de uma velha tia – sou Francesco Formoso de Azevedo. Formoso, eu? Talvez em bebê. Garoto, eu era normal. A não ser pelos olhos grandes e escuros que muitas garotas achavam bonitos (sem deixar de observar que eu tinha um "olhar desconfiado"), meu rosto era comum, sem nada de especial.

Eu tinha um bom corpo, era alto para a idade, jogava basquete. Mas, formoso? Formoso eu não era, e quando alguém brincava comigo por causa do nome eu ficava uma fera. Também não gostava muito do Francesco, um tanto difícil de escrever e de pronunciar. Claro que um apelido seria

Ciumento de Carteirinha 35

inevitável. Eu era (e sou, para os íntimos) o Queco. Não me perguntem como é que Francesco deu Queco. Deu, e a verdade é que, embora o apelido fosse meio esquisito (parecia um grasnido de pato: queco, queco, queco!), me simplificava a vida.

Minha família é toda de Itaguaí. Meu pai, advogado sindical, e minha mãe, assistente social, são ambos pessoas cultas, assim como meus dois irmãos. Gostam de ler, sempre gostaram. Na sala de visitas tínhamos uma biblioteca pequena, mas muito boa, com várias obras de Machado de Assis. O que não é de estranhar: muita gente em Itaguaí é leitora de Machado; afinal, ele fez da cidade cenário para uma de suas melhores histórias, *O alienista*.

Nem todos os itaguaienses lhe são gratos por isso. Alienista era a denominação que se dava, no século XIX, aos médicos que tratavam dos alienados, dos loucos. *O alienista* fala sobre um médico desses, o Doutor Bacamarte. Ele dirigia um hospício conhecido como Casa Verde. Só que o Doutor Bacamarte era, também ele, meio maluco; se não gostava de alguém, se achava a pessoa meio esquisita, mandava interná-la. Lá pelas tantas boa parte da população estava na Casa Verde. Aí *O alienista* chegou a uma conclusão: se a maluquice é a regra geral, quem tem de ir para o hospício são os sadios. Internou-se ele mesmo na Casa Verde, onde veio a morrer. A história ficou tão conhecida que muita gente achava que a tal Casa Verde tinha existido mesmo. E isto sempre incomodou alguns itaguaienses, que gostariam de ver a cidade lembrada por outras razões que não essa. Essas pessoas preferiririam que Machado tivesse escolhido outro lugar para cenário de sua história.

Mas estes inconformados são exceção. Na nossa cidade Machado tem muitos fãs; papai e mamãe, por exemplo, são vidrados na obra dele. Leram juntos *Memórias póstumas de Brás Cubas* e muitos outros livros. De modo que, quando voltei para casa com o recém-comprado *Dom Casmurro*, ficaram muito satisfeitos:

– É uma grande história – disse papai. – Você vai adorar.

Mamãe queria saber se se tratava de uma recomendação da escola. Contei então a história do julgamento de Capitu, do nosso plano de ganhar o concurso e de ajudar na reconstrução da escola. E perguntei:

– O que é que vocês acham? Vale a pena a gente entrar nessa?

Tanto papai como mamãe aprovaram a ideia. Sim, o colégio Zé Fernandes precisava ser reconstruído; eles mesmos já tinham contribuído com uma boa quantia, mas todo dinheiro extra que entrasse seria bem-vindo, sobretudo se conseguido pelos alunos:

– Afinal de contas, a escola também é de vocês – disse papai.

Uma ideia me ocorreu: pedir que usasse seus conhecimentos de advogado para nos ajudar.

– É um julgamento, verdade que simulado, mas julgamento. E você, que é advogado, que sabe tudo de julgamentos, poderia nos dar algumas dicas...

Ele riu:

– Ora, Queco. Você sabe que minha especialidade são causas trabalhistas. Se Capitu fosse uma empregada despedida sem justa causa, e Bentinho o patrão, aí sim eu poderia opinar com segurança. Mas este caso trata de outro tipo de julgamento...

moacyrscliar

– Que tipo de julgamento?

Ele pensou um pouco:

– Um julgamento moral, acho. Ou literário. Não sei bem. Mas certamente não é algo a que se possa aplicar o critério da lei. Além do que, a atividade foi pensada para os estudantes, não para os seus pais.

Eu insisti, queria pelo menos saber a opinião dele: Capitu tinha ou não traído? De novo papai procurou tirar o corpo fora; disse que isto era questão de opinião pessoal, que uns achavam uma coisa, outros achavam outra. Minha mãe, olhos no jornal, não perdia a conversa. Não se contendo, disse:

– Ora, Sérgio, não me venha com essa. Você conhece o livro tão bem como eu e sabe que isso é papo-furado. Aquele Bentinho era um casmurro mesmo, um chato de galochas. Um ciumento clássico. A coitada da Capitu não tinha culpa nenhuma, foi uma vítima. Pensem nisso, Queco, quando vocês prepararem o trabalho.

– Eu acho que eles têm de chegar à sua própria conclusão – opinou papai. – O que, aliás, não vai ser fácil. Esta dúvida, se Capitu traiu ou não, até hoje continua dividindo os brasileiros. Aliás, leitores de outros países também. No ano passado conheci um professor norte-americano que era fã do Machado de Assis, muito lido nos Estados Unidos, e a primeira pergunta que me fez, logo depois que nos apresentaram, foi justamente essa: "O que é que você acha, Capitu traiu ou não traiu?". Vocês vão ter assunto para muita discussão...

– E vão aprender muita coisa – garantiu mamãe.

– É – confirmou papai. – Vão debater muito. Machado é um grande escritor, e os grandes escritores nos ensinam a viver por meio de suas histórias.

Entrei no meu quarto, comecei a folhear o *Dom Casmurro*.
Ali estava o começo que eu já conhecia:

Uma noite destas, vindo da cidade para o Engenho Novo, encontrei no trem da Central um rapaz aqui do bairro, que eu conheço de vista e de chapéu. Cumprimentou-me, sentou-se ao pé de mim, falou da lua e dos ministros, e acabou recitando-me versos. A viagem era curta, e os versos pode ser que não fossem inteiramente maus. Sucede, porém, que como eu estava cansado, fechei os olhos três ou quatro vezes; tanto bastou para que ele interrompesse a leitura e metesse os versos no bolso.

Prossegui, lendo um trecho aqui, outro ali, procurando formar uma primeira impressão do livro. Que foi muito favorável. Texto agradável, bem escrito, frases claras... Era até difícil parar de ler, e olha que eu estava cansado; tinha passado a manhã na escola, havia jogado basquete à tarde. Mas, diferentemente do narrador de *Dom Casmurro*, meus olhos não se fechavam; ao contrário, eu queria ler mais e mais.

"Vou gostar desse livro", concluí. Jaime mais uma vez nos dera uma grande dica. Era um senhor escritor, aquele Machado de Assis.

5 | *Um ciumento de carteirinha*

A verdade é que sempre gostei de ler. Um gosto que vinha da infância. Quando era pequeno, só concordava em ir para a cama se papai ou mamãe lessem para mim. Crescendo, mantive esse hábito. Eu fazia questão de um lugar só meu para a leitura. E tive de conquistar esse lugar. Nossa casa não era grande, porque meus pais não tinham muita grana, por isso eu dividia um quarto com meus irmãos. Instalei junto da janela uma velha poltrona, e aquele era meu refúgio. Lia até de madrugada, os dois reclamando da luz acesa. Depois eles entraram na faculdade (Medicina e Direito) no Rio, onde foram morar, e aí eu podia ler à vontade.

Voltando ao *Dom Casmurro*: nas primeiras páginas, não simpatizei muito com o personagem principal. Um cara com o apelido de *Dom Casmurro*, que fica sozinho depois de velho, um cara assim só podia ser um chato – essa foi a minha impressão inicial. Lembrava-me um vizinho que nós tivemos, o seu Noé, um viúvo rico e avarento que morava sozinho na

Ciumento de Carteirinha 41

enorme casa em frente da nossa. Dizia-se que tinha família, grande até, mas não permitia que os filhos ou sobrinhos o visitassem; achava que estavam de olho em sua grana. Dos vizinhos, então, ele não queria nem saber, o que era motivo de discussão em nossa casa. Meu pai detestava o velho, achava que ele merecia a solidão; mamãe, mais tolerante, ponderava que é difícil julgar as pessoas sem saber como elas são na realidade, o que pensam, as fantasias que alimentam.

Uma vez tive um incidente com o seu Noé, algo meio grotesco. A gente costumava sentar de noite num degrau da casa dele, o Vitório, eu e uns outros amigos; ficávamos conversando, cantando. Lá pelas tantas sentimos o traseiro molhado; o seu Noé despejara água pela fresta da porta (água ou coisa pior: o cheiro era meio suspeito). Nós ficamos furiosos, pensando em desforra, mas mamãe aconselhou-me a ver a coisa de outra maneira:

– Imagina esse homem deitado na cama dele, virando de um lado para outro sem conseguir dormir, ruminando coisas tristes. Aí ele ouve vocês rindo e cantando, e o que é que ele pensa? "Por causa desses garotos chatos eu não consigo dormir", é o que ele pensa, e aí resolve mandar vocês embora do jeito que ele sabe, molhando o traseiro de vocês...

É, talvez mamãe tivesse razão, talvez atrás de cada Casmurro se escondesse um sujeito triste. Seria o caso do personagem do livro? Bem poderia ser, e confiando nisso fui adiante na leitura. Fiquei comovido quando o personagem diz que, escrevendo, seu objetivo era "atar as duas pontas da vida e restaurar na velhice a adolescência". Ou seja: o cara era o *Dom Casmurro*, mas ele era também o Bentinho, o senhor maduro e o rapaz. Casmurro e Bentinho.

moacyrscliar

A maior parte do *Dom Casmurro* fala do Bentinho menino; já no terceiro dos pequenos capítulos o narrador está de volta à infância. De volta à infância e às voltas com um difícil problema, como a gente vê num diálogo entre a mãe dele, dona Glória, e o José Dias, agregado da família. José Dias apresentava-se como médico praticante da homeopatia, ou seja, não usava remédios comuns e sim outros, preparados de acordo com certos princípios, com os quais curara o feitor e uma escrava na fazenda do pai de Bentinho, em Itaguaí.

"Então meu pai propôs-lhe ficar ali vivendo, com um pequeno ordenado", diz o narrador. Oferta que José Dias em princípio recusa, mas depois muda de ideia: "Voltou dali a duas semanas, aceitou casa e comida sem outro estipêndio...". Ou seja, ficaria morando ali em troca dos serviços que prestasse. Quando da morte do pai de Bentinho, dona Glória pede a José Dias que continue na propriedade. "Com o tempo adquiriu certa autoridade na família."

É com esta autoridade que ele procura dona Glória para falar de Bentinho. Ao menos para a mãe, o destino do menino está traçado: ele vai para o seminário, de onde deverá sair padre. Isto por causa de uma promessa que ela fez, e da qual mais adiante tomaremos conhecimento: "Tendo-lhe nascido morto o primeiro filho, minha mãe pegou-se com Deus para que o segundo vingasse, prometendo, se fosse varão, metê-lo na igreja". Mas para que esta promessa se cumpra, avisa José Dias, "pode haver uma dificuldade [...], uma grande dificuldade".

A grande dificuldade tem nome. Chama-se Capitu.

Pois é, gente. É assim que a garota – garota mesmo: tem quatorze anos, quase a mesma idade de Bentinho, que acabara

de fazer quinze – entra na história. Como "uma dificuldade".
Para dona Glória, o filho e a garota "são dois criançolas".
Não é o que pensa o José Dias. Ele procura dona Glória
para cumprir, segundo suas palavras, "um dever amaríssi-
mo", ou seja, um dever muito amargo. "José Dias amava os
superlativos", diz o narrador, e explica: "Era um modo de dar
feição monumental às ideias". Com a ajuda dos superlativos
avisa dona Glória que Bentinho e Capitu andam sempre
juntos, "em segredinhos", e que, "se eles pegam de namoro,
a senhora terá muito que lutar para separá-los".

Bentinho, que ouve a conversa, fica completamente perturbado. Não por causa da indiscrição de José Dias; por outra
razão: "Com que então eu amava Capitu, e Capitu a mim?",
ele se pergunta, assombrado. Dá-se conta de que o sentimento que o une a Capitu é exatamente isso, aquele amor des-
crito nos livros em palavras tão eloquentes. Começa a lembrar detalhes da convivência entre ambos: "Capitu cha-
mava-me às vezes bonito, mocetão, uma flor; outras vezes
pegava-me nas mãos para contar-me os dedos. E comecei a
recordar esses e outros gestos e palavras, o prazer que sentia
quando ela me passava as mãos pelos cabelos...". E conclui:
"Pois, francamente, só agora entendia a emoção que me
davam essas e outras confidências".

Então, ele ama Capitu... Então, Capitu o ama...

Confesso que fiquei com um nó na garganta lendo esta
passagem. E fiquei com um nó na garganta por causa
da simplicidade, da ingenuidade do Bentinho. Angelical
Bentinho, santo Bentinho! Que contraste entre aquele
menino e aquela menina do século XIX e as coisas que eu
via todos os dias na tevê: a violência, a brutalidade, o sexo

escrachado! E que contraste, também, entre o Bentinho de quinze anos e o *Dom Casmurro*, entre o menino ingênuo e o velho amargurado!

Àquela altura o livro parecia única e exclusivamente uma bela história de amor; nada fazia supor a traição. Cheguei a lamentar o fato de conhecer o final: melhor seria terminar a leitura por ali. Melhor seria se o Machado de repente dissesse: "... e então casaram, e tiveram muitos filhos, e foram felizes para sempre". Mas aí o título não poderia ser *Dom Casmurro*. E nem seria Machado de Assis, um escritor realista, quando não melancólico. O autor de *O alienista* preferia a realidade, por amarga que fosse, à narrativa água com açúcar.

De qualquer modo o texto fluía fácil, agradável. Claro, de vez em quando aparecia alguma palavra que eu não conhecia, mesmo porque o romance fora escrito no século XIX. Nada, porém, que eu não conseguisse deduzir pelo sentido da frase.

O fato era que o livro me mobilizava por completo. Eu não conseguia parar de ler, e até me perguntava a razão daquele fascínio. E aí me dei conta: em primeiro lugar, na maior parte da narrativa os personagens são jovens. Jovens do século XIX, certo, jovens que eu imaginava falando diferente da gente, usando roupas diferentes das nossas roupas, mas jovens, de qualquer maneira. Mais: jovens com sentimentos parecidos aos nossos, com emoções parecidas às nossas; claro que naquela época não havia pílula anticoncepcional, os costumes não eram tão livres (também não se usava tanta droga, nem havia Aids), mas de qualquer modo eu podia me identificar com os personagens, sobretudo com o Bentinho. Enfim, cada página do *Dom Casmurro* era uma surpresa, uma boa surpresa. Um mundo novo que eu estava descobrindo.

* * *

Tão absorvido eu estava na leitura que nem notei o tempo passar. Lá pelas tantas mamãe bateu à porta:

— Seus amigos estão ao telefone, perguntando se você esqueceu do encontro.

O encontro! Claro, tínhamos combinado uma reunião para ver o que faríamos em relação ao concurso. E o pessoal já estava no *shopping* me esperando.

O *shopping* de Itaguaí era, e é, modesto, comparado aos das grandes cidades (mas deve ser dos poucos que têm uma loja de moda feminina chamada *Capitu*); de qualquer modo, e como em outras cidades, era ali que nos encontrávamos depois da aula, para comer alguma coisa e bater papo.

Fui correndo até lá, entrei direto na pequena praça de alimentação e ali, numa mesa, estava a turma: Vitório, Nanda, Júlia. E, como se tivéssemos combinado – e de certa maneira nós tínhamos combinado –, cada um deles estava com um exemplar do *Dom Casmurro*.

Vitório me saudou com o entusiasmo habitual, Nanda me acenou, Júlia sorriu – aquele sorriso cujo significado eu nunca sabia interpretar direito, se era uma coisa formal, ou um sinal de cumplicidade.

Puxei uma cadeira, sentei. O pessoal estava conversando animadamente – sobre o livro, claro. Vitório insistia em que era preciso lê-lo como um advogado lê os autos de um proces-

moacyrscliar

so, buscando provas a favor e provas contra. A favor e contra Capitu, naturalmente.

Ponderei que aquilo seria muito difícil:

— Porque o livro é muito bom, gente. Eu não li tudo, mas o que eu li me deixou entusiasmado. Mal pude interromper a leitura para vir aqui.

— Mas o Vitório não deixa de ter razão — ponderou Júlia.

— Na verdade, a gente tem dois objetivos. Um é conhecer a obra do Machado de Assis, que, óbvio, é fabulosa. O outro objetivo é vencer o julgamento, é ganhar o prêmio, reconstruir a escola. Tarefa complicada, pessoal. A gente vai ter de se planejar muito bem.

Nanda, a quem admirávamos pela capacidade de organização, pediu a palavra:

— Eu tenho uma proposta. — Abriu o caderno: — Até escrevi aqui... São três etapas. Primeira etapa: ler o livro até o fim. Mas ler sem nenhuma opinião prévia, nenhum preconceito. Segunda etapa: depois de ler, a discussão. Objetivo: responder à pergunta "traiu ou não?". Vamos listar os pontos a favor das duas posições. Terceira etapa: conclusões. Precisamos chegar a um consenso. E este consenso será a base da nossa argumentação.

Muito bem pensado, mas àquela altura eu já estava me dando conta de uma coisa: a tarefa seria mais difícil do que imaginávamos. Se muita gente discutira, e continuava discutindo, o *Dom Casmurro* com opiniões contrárias quanto à suposta traição, como chegaríamos a um acordo, a um ponto de vista comum? Foi o que perguntei, um tanto receoso de bancar o desmancha-prazeres, de desanimar o pessoal.

Antes que alguém pudesse responder, um cara veio até a nossa mesa. Era um colega de escola, o Alípio, garoto baixi-

Ciumento de Carteirinha | 47

nho, com pinta de safado, que estava sempre rindo e por isso recebera o apelido de Graçola. O Graçola, além de risonho, era fofoqueiro: sabia de tudo o que se passava na cidade. Perguntou se estávamos discutindo o assunto do julgamento de Capitu. Quando a gente disse que sim, ele olhou para os lados, inclinou-se em nossa direção e cochichou:

— Conheço um fulano que está trabalhando na organização desse concurso, lá em Santo Inácio. Não sei se vocês sabem como a coisa funciona, mas é assim: os concorrentes devem anexar um resumo da apresentação que vão fazer ao público. Pois este meu conhecido já deu uma olhada nos tais resumos e me garantiu que não há nada excepcional. Ou seja: vocês ganharão fácil, fácil. Barbada.

Olhou-nos, triunfante, e repetiu:

— Legítima barbada. E tem mais: se vocês quiserem, eu posso falar pro cara dar uma mãozinha pra gente: ele tem cinco amigos de confiança no júri.

Não gostei daquilo. Para dizer a verdade, não gostei nada daquilo, daquela "mãozinha", que não me parecia muito limpa. Se era para competir, então deveríamos competir de maneira honesta, sem obter informações confidenciais, sem pedir ajuda a ninguém, muito menos a um cara metido. Vitório, pelo jeito, pensava a mesma coisa, porque agradeceu ao Graçola, dizendo que o nosso plano era outro. Depois que o garoto se afastou, ele nos olhou, sacudiu a cabeça:

— Esse cara tem muito que aprender, gente, tem muito que aprender... Mas então? Qual é mesmo o nosso plano? É esse que a Nanda expôs?

— Em linhas gerais estou de acordo – disse Júlia. – Mas quero propor uma modificação, Nanda. Você diz que precisamos chegar a um consenso. Talvez consenso seja difícil, afinal as nossas cabeças não são todas iguais, pensamos diferente em relação a um monte de coisas. Acho melhor fazer de outra maneira. Cada um lê o livro, analisa a história, dá sua opinião: traiu, não traiu. Se todos estiverem de acordo, se conseguirmos esse tal consenso, tudo bem. Se não, votamos. Decidimos democraticamente.

– Perfeito – concordou Vitório, encantado. – Você sabe das coisas, Júlia. Acho até que vou indicar você como minha candidata nas próximas eleições para o grêmio estudantil.

Riram, os dois. Ele a abraçou carinhosamente, beijando-a no rosto.

Não gostei daquela cena.

Não gostei nada daquela cena. Pareceu-me que Júlia correspondia ao abraço dele com mais entusiasmo do que devia. E que história era aquela de beijo, mesmo no rosto? Não, não gostei. Mas não disse nada; afinal, aquilo podia ser só uma manifestação de amizade. Além disso, não era o momento para comentários azedos.

Júlia, pelo jeito, não tinha percebido minha contrariedade, porque, quando nos levantamos dali, convidou-me para ir ao cinema do *shopping*. Mas eu, francamente, não estava a fim disso. Os dois se abraçando, o beijo... Aquilo tinha estragado o meu dia. Aleguei que tinha trabalho para fazer, que precisava ler o livro, e voltei para casa. Pelo menos encontraria consolo na leitura do Machado.

6 | *A história faz a minha cabeça*

Logo que cheguei em casa fui direto para o quarto: tinha deixado o livro na mesa de cabeceira. Mas ele não estava mais ali. No banheiro, então? Sim, porque às vezes eu lia no banheiro, apesar das advertências do doutor Eustáquio, que não recomendava esse hábito. Não, no banheiro o livro também não estava. Uma ideia me ocorreu: vai ver, pensei, um dos meus irmãos tinha chegado e, só para sacanear, escondera o *Dom Casmurro*. Mas quando eles voltavam sempre traziam uma maleta, sempre deixavam coisas jogadas. E o quarto estava como eu deixara, ninguém entrara ali; não, meus irmãos não estavam em casa. Agora: onde fora parar o danado do livro? Era a pergunta que eu me fazia, já impaciente, quando ouvi um latido.

Era a Sapeca, a nossa cachorrinha. De raça indefinida, aparecera uns três anos antes no jardim de nossa casa e fora ficando, inclusive e principalmente porque eu lhe dava comida.

– Desse jeito, essa cachorra nunca vai embora – advertia minha mãe, e eu não queria que ela fosse mesmo, queria ficar com a pobrezinha. Quando lhe dei um nome, papai e mamãe perceberam que a coisa estava decidida. Só impuseram uma condição:

– Você é quem cuida dessa tal de Sapeca. Você é que vai lhe dar banho, vai levá-la para passear, providenciar vacinas e remédios.

Concordei, claro. A verdade, porém, é que a Sapeca acabou conquistando todo mundo, inclusive meus irmãos, que, do Rio, até telefonavam perguntando por ela. Quando eu voltava para casa, já a encontrava me esperando: queria que eu a levasse para passear.

Sapeca era muito brincalhona. Brincava com vários objetos da casa, inclusive com aqueles com os quais não deveria brincar. Movido por uma súbita suspeita, corri até a área de serviço e, dito e feito, lá estava ela, com o *Dom Casmurro* entre as patas, mordendo-o como se fosse um osso ou uma bola de borracha.

Avancei até ela, arrebatei-lhe o livro. E aí a cachorrinha teve uma reação inesperada. Ficou imóvel, me olhando e rosnando baixinho, como que a me desafiar – um comportamento que nunca tinha exibido antes. Dei-me conta então do que estava acontecendo.

Sapeca não estivera brincando com o livro. Sapeca estivera demonstrando sua contrariedade. Porque estava com ciúmes, a cadelinha. De alguma maneira percebera, com aquele instinto que os bichos têm, que eu gostava muito do livro. Ora, se eu prestava atenção àquela "coisa", não podia prestar atenção a ela, Sapeca. Daí sua raiva, que ela externava atacando o *Dom Casmurro*. Com o que também procurava chamar minha atenção.

Contrariado, dei-lhe uns tapas; bati com vontade, para dizer a verdade. A coitada se encolheu, ficou num canto, tremendo. Então minha raiva deu lugar à piedade. Pobre Sapeca, que culpa tinha? Se eu próprio sentia ciúmes, como ela escaparia disso? Peguei-a no colo, acariciei-a, falei sobre o livro:

– É a história de Bentinho e Capitu, Sapeca. Uma história muito interessante...

Então tive a ideia de ler aquele pedaço em que Bentinho fala da garota, e a descreve como uma garota "de quatorze anos, alta, forte e cheia, apertada em um vestido de chita, meio desbotado. Os cabelos grossos, feitos em duas tranças, com as pontas atadas uma à outra, à moda do tempo, desciam-lhe pelas costas. Morena, olhos claros e grandes, nariz reto e comprido, tinha a boca fina e o queixo largo". Li também a cena em que os dois se beijam: "Capitu ergueu-se, rápida, eu recuei até a parede com uma espécie de vertigem, sem fala...".

Pensei que com aquilo Sapeca também se tornaria uma fã do Machado. De fato, num primeiro momento ela até ficou indecisa, orelha em pé. Mas quando minha mãe chegou Sapeca correu para ela, ganindo baixinho.

– Meu Deus – disse mamãe, agarrando-a no colo. – O que aconteceu com essa cachorra?

Contei o que tinha sucedido. Ela achou graça, mas não quis rir, para não incomodar ainda mais a pobre Sapeca.

Ciumento de Carteirinha | 53

– Deixe que eu vou passear com ela. Sei que você está às voltas com o livro, fique lendo. Mas olhe lá: não vá me transformar essa cachorra num Bentinho, hein?

Achei a advertência exagerada. Mal sabia eu que um novo Bentinho já estava surgindo – em mim próprio.

Mamãe saiu, eu prometi ficar atento ao telefone, e voltei para o quarto com o livro.

Retomei a leitura e num minuto já tinha esquecido o incidente com a cachorra, completamente absorvido que estava no texto do Machado.

***

Bentinho fica muito abalado ao saber que a mãe, informada por José Dias do seu namoro com a Capitu, reafirmara a promessa: o filho deveria seguir carreira religiosa. Capitu e Bentinho tentam, com a ajuda de José Dias inclusive, mudar esta situação. Sem êxito. A mãe decide enviar Bentinho ao seminário, prometendo, contudo, que, se dentro de dois anos o rapaz concluir que não tem mesmo vocação para o sacerdócio, estará livre para fazer outra coisa. Bentinho vai, mas antes da partida ele e Capitu juram que irão se casar.

No seminário Bentinho conhece Ezequiel de Sousa Escobar, filho de um advogado de Curitiba. Os dois tornam-se amigos e confidentes. Bentinho leva-o para visitar a mãe e apresenta-o a Capitu, que agora frequenta a casa: Dona Glória e ela ficaram amigas. Dona Glória até já aceita a possibilidade de um casamento; afinal, como mãe ela cumprira seu papel, enviando o rapaz para o seminário; se o filho chegará a ser padre, ou não, isto já não é seu problema.

José Dias chega a sugerir uma viagem a Roma com o objetivo de pedir ao Papa a revogação da promessa. Mas quem resolve o problema é Escobar, com um engenhoso argumento: Dona Glória prometera a Deus dar à Igreja um sacerdote, mas este sacerdote não precisa ser necessariamente Bentinho. Se ela adotar um órfão e lhe custear os estudos no seminário, o resultado, do ponto de vista do Senhor, será o mesmo. Consultado, o bispo concorda. Bentinho deixa o seminário, vai a São Paulo estudar e forma-se em Direito. Escobar, que também saíra do seminário, torna-se um próspero comerciante; casa com Sancha, colega e amiga de Capitu. Bento e Capitu também se casam.

De novo: se o livro terminasse aí, teríamos um final feliz, capaz de alegrar muitos leitores. Mas eu já sabia que o livro não teria esse final feliz, o que me dava muita pena. Bem que eu queria ver Bentinho e Capitu felizes para sempre. Mas será que isto existe? A eterna felicidade dos casais, será que existe?

Meu pai e minha mãe, por exemplo, que todo mundo via como um casal harmônico, exemplar, de vez em quando batiam boca. Nada sério, essas brigas entre casais que sempre acontecem por razões variadas e não raro fúteis: "Você mexeu nas minhas coisas, eu já disse mil vezes que não gosto que mexam nas minhas coisas", ou então: "Você gasta demais no supermercado, está na hora de botar um limite nisso", ou ainda: "Não gosto do jeito como você olha para aquela vizinha". Em criança, essas discussões me impressionavam, mas depois me dei conta de que aquilo fazia parte da vida deles, que se amavam apesar das divergências. Isto era a vida real. Por que a literatura seria diferente?

7 | *Preparando a briga*

A primeira pessoa que encontrei no salão paroquial, na semana seguinte, foi o Vitório:

– Tenho novidades – foi logo anunciando.

No dia anterior estivera com o pai em Santo Inácio. Lá falara com várias pessoas sobre o grande assunto do momento, o julgamento de Capitu, obtendo algumas informações interessantes:

– Já estão com uns dez grupos inscritos, tudo gente de Santo Inácio. Quando eu disse que nós também vamos concorrer, um amigo de papai não pôde deixar de comentar: "Vocês, de Itaguaí, sempre se metendo. Vocês são como o Alienista: acham que são melhores que todo mundo". Confesso que fiquei preocupado: se outras pessoas veem o julgamento desse jeito, a coisa meio que vira guerra...

Aquilo me irritou:

– Então é guerra – eu disse. – Se é guerra o que eles querem, é o que terão. E nós temos de nos preparar muito bem.

Com um suspiro, Vitório concordou. Sim, teríamos de fazer um bom estudo do livro. Avisou-me que no intervalo faríamos a nossa reunião e que eu não deveria faltar: decidiríamos coisas muito importantes.

Tão logo soou a sineta (que, na casa paroquial, substituía a campainha do colégio), fui para o pátio onde Vitório, Júlia e Nanda já esperavam, cada um com suas anotações. Fomos sentar num banco, lá no fundo.

– Bem – disse Vitório –, vamos para os finalmentes. Acho que todos leram o livro, de modo que...

– Eu ainda não terminei – interrompi.

Júlia me olhou. Às vezes, ela tinha uma maneira de me olhar que me deixava muito irritado. Como se ela fosse um ser superior e eu uma espécie de subalterno.

– Mas a gente tinha combinado... – começou ela.

– Eu sei que a gente tinha combinado, Júlia – respondi, de modo brusco. – Eu sei, você não precisa me dizer. Mas não consegui terminar a leitura, pronto.

Júlia, de início surpresa com a minha reação e logo contrariada, começou a dizer que eu era um irresponsável, que aquele era um trabalho de grupo e que, num trabalho de grupo, todos têm de cumprir com sua obrigação. Eu estava disposto a comprar a briga, mas Nanda, sempre sensata, não deixou:

– Bom, o Queco não leu, então não adianta a gente ficar discutindo. Você acha que até amanhã vai ter lido, Queco?

Eu disse que sim, e ela sorriu, conciliadora:

– Viram como falando a gente se entende? Não há necessidade de brigar, pessoal. Nós somos um grupo, nós temos um objetivo: queremos ajudar a nossa escola. Portanto, vamos em frente, sem perder tempo com essas discussões que só nos desgastam e não produzem nada de bom. Eu proponho que amanhã a gente se reúna de novo. Aí o Queco vai ter lido o livro, e poderemos comparar nossas opiniões e decidir, como sugeriu o Vitório, se vamos entrar no julgamento para acusar ou defender a Capitu. Não é uma boa?

Era uma boa, todos estávamos de acordo nisto. Vitório e Júlia aparentemente já tinham até esquecido o bate-boca: conversavam animadamente, comparando suas anotações.

Eu estava magoado. Estava magoado por causa da discussão e estava magoado porque via Vitório e Júlia cada vez mais próximos. Nem consegui prestar atenção nas aulas seguintes. Voltei para casa contrariado e com dor de cabeça. Mas não me deixaria abater. Prometera terminar o livro até o dia seguinte e era o que faria. Em primeiro lugar porque não suportaria ser repreendido de novo, como um garoto relapso; mas, principalmente, porque eu queria, sim, concluir a leitura. A verdade é que a obra me fascinava; porque era uma grande narrativa, claro, a narrativa de um grande escritor, mas também porque mexia comigo.

Chegando em casa encontrei a Sapeca, me olhando e abanando o rabo. Evidentemente estava esperando que eu a levasse para passear, mas fui logo avisando:

– Nem pensar, minha cara. Tenho de terminar o livro.

Acho que o meu tom foi categórico, porque Sapeca optou por meter o rabo entre as pernas e foi se refugiar no quarto de mamãe, que, quando chegasse, certamente sairia com ela. Quanto a mim, mergulhei no livro, que agora chegava à sua parte mais dramática.

***

Bento estava tendo sucesso como advogado; a vida para ele e Capitu seria boa, mas havia um problema: não conseguiam ter filhos, e sentiam inveja de Escobar e Sancha, pais de uma filha cujo nome, Capitolina, homenageava Capitu.

É então que Bentinho começa a ter ciúmes. E a primeira coisa que lhe dá ciúmes são os braços de Capitu: "Eram belos, e na primeira noite que os levou nus a um baile, não creio que houvesse iguais na cidade...". E continua: "Eram os mais belos da noite, a ponto que me encheram de desvanecimento. Conversava mal com as outras pessoas, só para vê-los, por mais que eles se entrelaçassem aos das casacas alheias". Nesse momento, Bentinho ainda está orgulhoso da beleza de Capitu. Num segundo baile a situação muda de figura. Agora ele vê os braços nus como uma forma de exibição, de provocação: "Quando vi que os homens não se fartavam de olhar para eles, de os buscar, quase de os pedir, e que roçavam por eles as mangas pretas, fiquei vexado e aborrecido".

Esta crise é interrompida pelo nascimento do filho tão esperado, Ezequiel. Ele cresce, e, menino vivo, curioso, inteligente, faz a alegria de Bentinho e Capitu. Por outro lado os dois casais convivem cada vez mais, até porque Escobar e Sancha agora moram perto. O sonho deles é que Ezequiel e Capituzinha (apelido da pequena Capitolina) venham a se casar.

Tudo bem, aparentemente. Mas sobrevém a tragédia: Escobar, que era apaixonado pelo mar, ironicamente morre afogado. No enterro algo chama a atenção de Bento: o modo como sua mulher olha para Escobar morto. Tão perturbado fica que quase não consegue fazer o discurso fúnebre. Tempos depois, e é a própria Capitu que lhe chama a atenção para isso, Bento começa a perceber as semelhanças de Ezequiel com

Ciumento de Carteirinha | 59

Escobar: é como se o amigo ressurgisse diante dele. Resultado: ciúmes (ou mais ciúmes). O mal-estar entre marido e mulher vai num crescendo. Pior, Bento já não suporta ver o filho, o qual, muito apegado ao pai, nada percebe. Por fim, o menino é mandado para um internato.

Tão desesperado Bento está, que decide se suicidar. Chega a colocar veneno numa xícara de café. Salva-o a chegada de Ezequiel. Num momento que é verdadeiro clímax, pensa em matar o menino, oferecendo-lhe o café envenenado, mas recua e, num desabafo, diz a Ezequiel que não é seu pai. Capitu entra na sala; quer saber o que se passa. Bento reafirma: não é pai de Ezequiel. Capitu coloca-o contra a parede, interroga-o: qual a razão dessa suspeita? Bento, confuso, não

consegue responder, e Capitu conclui: tudo resulta da semelhança casual entre o menino e o falecido Escobar.

Decidem se separar, porém mantendo as aparências. Para isto, partem, com Ezequiel, para a Europa, de onde Bento retorna só. Nunca mais verá Capitu. O tempo passa, morrem dona Glória e José Dias. Capitu também morre e é enterrada na Europa. Bento agora vive só. Um dia vem visitá-lo o filho. Ressurgem as antigas suspeitas: Bento vê em Ezequiel o retrato de Escobar. Depois de permanecer no Brasil alguns dias, Ezequiel, que é apaixonado por arqueologia, parte para uma viagem de estudos científicos pelo Oriente Médio, onde vem a morrer.

Sozinho, Bento resolve escrever um livro de memórias. É uma tentativa de, como ele diz, atar passado e presente, descobrir o sentido de sua vida. A tentativa revela-se frustrada. E ele decide escrever um outro livro que será uma história dos subúrbios do Rio de Janeiro. Ou seja: melhor subúrbios que ciúmes.

Meu Deus! Meu Deus!

Eram três da manhã quanto terminei a leitura. Fechei o livro mergulhado num verdadeiro turbilhão de sentimentos contraditórios. Eu não sabia o que pensar, tantas eram as reflexões que me ocorriam.

Uma coisa era certa: havia lido uma grande obra. Não, não era só isso. Eu tinha vivido uma grande experiência. Lá do passado, mestre Machado dera-me um grande presente. Que fantástico livro, o *Dom Casmurro*! Machado era mestre até em pequenos detalhes. Por exemplo: havia me chamado a atenção o fato de que grande parte dos sentimentos eram transmitidos através do olhar, e sobretudo através do olhar de Capitu. Para Bentinho os olhos da garota eram "olhos de ressaca": "Traziam não sei que fluido misterioso e energético, uma força que arrastava para dentro, como a vaga que se retira da praia, nos dias de ressaca". Essa alusão ao mar ganha ainda mais sentido quando a gente pensa no modo como Escobar morreu, afogado.

É o olhar de Capitu que faz nascer o ciúme em Bento: quando, por exemplo, os dois estão conversando à janela, um jovem passa, olha e Capitu retribui o olhar; ou quando, já casados, Capitu permanece com o olhar perdido no oceano. E tudo isso culmina com o olhar, que ela lança ao Escobar morto.

Notável, sim. Notável, mas perturbador. O livro tinha mexido comigo. Eu não seria o mesmo depois de ter lido *Dom Casmurro*. O livro dava nome a algo que eu sentia mover-se perto de mim, uma espécie de polvo com mil tentáculos que se agitava, invisível, no escuro mar dos meus tumultuados sentimentos. Ciúme era o nome dessa ameaçadora criatura. Que se apossara de mim como se apossara do Bentinho. Sim, como ele, eu fazia parte da tribo dos ciumentos. Eu também tinha mil suspeitas em relação a Júlia. Suspeitas que me transtornavam, que não me deixavam em paz.

Tão perturbado eu estava que não conseguia dormir. Levantei-me da cama. À porta do meu quarto estava a Sapeca, que me olhou, indecisa. Depois de um momento, contudo, pulou para meu colo. Parecia feliz; feliz, decerto por ter conseguido vencer seu ciúme, por ter conseguido se reconciliar comigo. Ah, se eu pudesse fazer a mesma coisa em relação a Júlia...

Sentado na poltrona da leitura, retomei meus pensamentos, tentando entender o que lera (ou seja, tentando entender também o que se passava comigo). Bento não conseguira vencer o seu ciúme. Por quê? Porque Capitu de fato o traíra? Ou porque sua ilusão a respeito era demasiado forte? Diabos, Machado conseguira seu objetivo: deixava-me em dúvida, como em dúvida deixara milhões de outros leitores. E o fizera de maneira muito hábil. Para começar, tudo o que a gente podia saber era informado pelo próprio Bento. Um julgamento em que só o acusador falava – como chegar a um veredito, a uma conclusão? Eu prometera que levaria para o pessoal algumas notas escritas e até tentei colocar no papel umas ideias, mas não consegui escrever coisa alguma. Meus pensamentos estavam muito confusos para isso. Pelo menos tinha feito a minha parte, lera o livro. Talvez o grupo, como um todo, chegasse a uma conclusão. A verdade é que naquele momento eu não estava muito interessado no julgamento. Só conseguia pensar na minha relação com Júlia. E oscilava: num momento eu tentava convencer-me de que éramos, sim, namorados, e que eu teria de respeitar a instabilidade dela, aceitá-la como era; em outros momentos, achava que estava na hora de terminar tudo, de romper relações até.

Cansado, deitei-me, e depois de rolar de um lado para outro por uma boa meia hora, finalmente adormeci. Sonhei com um tribunal, um tribunal muito estranho. O juiz era uma figura familiar: o próprio Machado de Assis, cuja foto figurava no livro que eu tinha lido. Ali estava ele, muito elegante nas suas roupas do século XIX, a barba, o pincenê – aqueles óculos presos ao nariz.

Sentou-se à mesa, bateu com o martelo, dando por aberta a sessão. Entrou o promotor da acusação – que era o Machado de Assis. Entrou o advogado de defesa – que era o Machado de Assis. Entraram os jurados, todos clones do Machado de Assis. Só faltava o réu, que não aparecia. Assistindo à cena, eu ia fazer uma pergunta do tipo "Mas, senhor Machado, quem é o réu?", porém desisti. Não seria impossível que ele dissesse:

– O réu, meu caro Queco, é você.

***

Acordei tarde e com maus pressentimentos, que se agrava-
ram quando olhei para fora e vi o céu carregado, tão carregado
como estivera na véspera da chuvarada que havia resultado no
desastre para o Zé Fernandes. A vontade que eu tinha era de
virar para o outro lado e continuar dormindo. Mas não dá para
fugir dos problemas da vida, né? Levantei, lavei-me, vesti-me,
tomei café e segui para o salão paroquial. O pessoal já estava
lá; Júlia mal me cumprimentou, o que só me deixou ainda mais
chateado. Já Vitório mostrava-se animado como sempre:

– Vamos nos reunir no intervalo, gente. Hoje vamos começar. Vamos dar a partida para a grande jornada.

No intervalo lá estávamos nós, no pátio da casa paroquial,
sentados no banco que o pessoal já considerava nosso. A primeira coisa que Vitório perguntou foi se eu tinha lido o livro.
Respondi que sim, ele me pediu que desse minha opinião,
mas eu quis ficar para o final.

– Então eu começo – disse ele.

Respirou fundo e pronunciou-se:

– Não traiu.

E de imediato começou a listar seus argumentos: o Bentinho não passava de um paranoico, um cara que se julga per-
seguido, traído, um sujeito que vive à mercê de suas fantasias.

– Ele mesmo afirma que... Deixem-me ver as palavras
exatas...

Folheou suas anotações, que enchiam várias páginas do
caderno:

– Aqui. "A imaginação foi a companheira de toda a minha
existência", é o que ele diz. Bom, imaginação pode ser uma

coisa muito boa. Escritor tem de ter imaginação, compositor tem de ter imaginação, inventor tem de ter muita imaginação. Mas não é dessa imaginação que o Bentinho está falando. A imaginação dele é doentia, gente. O Bentinho vê coisas que não existem, disso eu tenho certeza. O problema é que a gente só pode se guiar pelo que ele diz, pela maneira como ele vê as coisas. E isto complica bastante o raciocínio. Se Machado fosse o narrador, tudo bem. Machado falou, tá falado. Mas, Bentinho? Não dá pra acreditar no Bentinho, na imaginação do Bentinho. Aliás, acho que o Machado pensava a mesma coisa quando escreveu o livro. O Machado, a gente vê, é um cara meio irônico, crítico da sociedade. Embora ele fale em nome do Bentinho, não deve ter muita afinidade com esse personagem, que era de família meio classe alta, enquanto a Capitu, como o próprio Machado, vinha de um meio pobre. Conclusão: pra mim o Machado queria mostrar que o Bentinho estava meio biruta, de tanto ciúme.

– Aí eu vou discordar de você – disse Nanda, para minha surpresa; a suave Nanda, a gentil Nanda, discordando? E maior surpresa ainda foi a opinião dela: – Eu penso que a Capitu pode, sim, ter tido um caso com o Escobar.

Diante da surpresa de Vitório, apressou-se em acrescentar:

– Não que eu ache isso um horror, de jeito nenhum. Essas coisas acontecem, a gente tá vendo isso todo dia. A mulher do Jaime não o abandonou? E o Jaime não chiou, não se desesperou, continuou vivendo a vida dele. Ele é um cara maduro, sabe que as pessoas mudam. A Capitu mudou. Em algum momento ela mudou. Apaixonou-se pelo Escobar, ou achou que estava apaixonada pelo Escobar, fizeram amor, ela engravidou...

moacyrscliar

O que me parece muito significativo. Durante muito tempo ela e Bentinho não haviam tido filhos. Por quê? Meu palpite: o Bentinho não conseguia engravidar a mulher. Capitu não quis se privar da maternidade e foi em frente. Teve seu caso com o Escobar e engravidou. Matou dois coelhos com uma paulada. Vitório estava espantado: parecia estar descobrindo uma nova Nanda, meio gaiata, meio cínica. Já Júlia mal conseguia disfarçar a irritação. Amizade à parte, estava na cara que não concordava com a Nanda. E, de fato, partiu para o ataque:

– Essa não, Nanda. Essa não. Nada do que você falou aconteceu. A Capitu não teve caso nenhum com o Escobar, não ficou grávida dele. É ciúme do Bentinho, ponto. O Machado mesmo diz que o cara está dominado por "um sentimento cruel e desconhecido, o puro ciúme". Palavras do autor, não minhas. Ele vai mais adiante e diz...

Consultou o caderno:

– Diz o seguinte: "Tive tais ciúmes pelo que podia estar na cabeça de minha mulher, não fora ou acima dela". Ou seja, o cara tem ciúmes até dos pensamentos da mulher, Nanda! O Vitório tem razão: é completamente perturbado, o tal de Bentinho! Ele tem ciúmes "de tudo e de todos"; palavras dele, hein? Palavras dele, não minhas. E também confessa: "Um vizinho, um par de valsa, qualquer homem, moço ou maduro, me enchia de terror ou desconfiança". E, note, o cara sabe que está confuso, que pode estar vendo coisas, mas não se dá por vencido: "Não é claro isto, mas nem tudo é claro na vida ou nos livros". Também reconhece a sua "fraca memória". Agora, é claro que um cara que não confia nem na própria memória não pode confiar na mulher. Lá pelas tantas, ele está inventando coisas, coisas que nem sabe se aconteceram ou não.

Disse e sorriu, triunfante, decerto achando que tinha liqui-
dado os argumentos de Nanda. Estava enganada. A garota
voltou à carga, apresentando outras evidências:

— E aquelas duas vezes em que Escobar visita Capitu em
casa, na ausência de Bentinho? Você não acha isto suspeito,
Júlia? Mas para mim a maior prova de que Ezequiel é filho
de Escobar é a semelhança entre os dois. Muita coincidência,
né, minha amiga? Muita coincidência. Eu só quero lembrar
aquela frase que o povo diz há muito tempo e que o livro aliás
cita: "O filho é a cara do pai".

Agora Vitório entrava na discussão:

— As visitas não provam nada, Nanda. Tanto que a Capitu
acaba contando ao Bentinho que Escobar veio visitá-la e diz
que só não falou antes para que o marido não ficasse desconfiado. Ela sabia que o cara era ciumento.

— E na segunda visita? — Nanda não se deixava convencer. —
Vou lembrar a você: Bento volta da ópera e encontra Escobar
na sua própria casa. Apareceu ali, sem mais nem menos; na
ausência do marido, vem visitar a mulher, coisa muito suspeita. Bento, numa boa, numa boa, hein?, não comenta nada e
até insiste para que o amigo fique. Mas Escobar, que decerto já fez o que tinha de fazer, dá uma desculpa e se manda.
Claro, ele não é trouxa. Aí o Bento fica se perguntando: por
que, mesmo, a Capitu não foi comigo ao teatro? Doença, era
a desculpa que ela tinha dado. Só que, quando Bento entra,
vê que a Capitu não parece doente coisa nenhuma. A Capitu
mente. Aliás, pra mim ela tem outra por dentro. É pobre, é de
família humilde, mas tem suas ambições. Prova disso é aquela
parte em que ela aconselha o Bentinho sobre como lidar com
o José Dias: "Mostre que há de vir ser dono da casa, mostre

que quer e que pode". Pra fraquinha, desamparada, a Capitu não dá. Ela aí está se revelando mandona.

Interrompeu-se, ofegante, mas logo retomou a argumentação:

– Tem mais uma prova. No velório do Escobar a Capitu... vou ler a frase: "Olhou alguns instantes para o cadáver tão fixa, tão apaixonadamente fixa, que não admira lhe saltassem algumas lágrimas poucas e caladas...".

– Mas Escobar era amigo deles! – interveio Júlia, exaltada.

– Se morresse um amigo seu, você não choraria? Essa não, Nanda. Essa não. Você choraria, tenho certeza.

– Pode ser – replicou Nanda. – Mas, já que você entrou na discussão, quero lhe lembrar que você ainda não disse nada sobre aquele argumento importante que eu usei.

– Qual argumento?

– A semelhança entre o menino Ezequiel e Escobar.

Até aquele momento, nós estávamos todos sentados, num banco do pátio. Mas aí Júlia se pôs de pé, brava:

– Semelhança não quer dizer nada, querida. Nada. Tem muita gente que é parecida e não é nem parente. O próprio Machado admite isso quando fala da semelhança de Capitu com a mãe de Sancha. Lembra do comentário do pai de Sancha? Lembra? Ah, não lembra. Mas eu anotei. Está aqui.

Consultou as anotações:

– "Na vida há dessas semelhanças assim esquisitas", é o que ele diz.

Calou-se, com uma expressão triunfante no rosto. Vitório olhou-a, ela olhou Vitório. E o olhar que trocaram me encheu de amargura. Não era só o olhar de parceiros numa disputa; era um olhar cúmplice, não sei se vocês me entendem. Senti-me como Bentinho: traído. Eu, pra eles, já nem existia.

Faltava minha opinião. Vitório voltou-se para mim:

Ciumento de Carteirinha | 69

– E você? O que é que diz?

Eu só podia responder com a primeira palavra que me veio à mente:

– Traiu.

Pude notar que Vitório ficou perturbado. Mas, acostumado a disputas e debates, tratou de disfarçar:

– E pode-se saber por que você pensa assim?

– Porque foi a conclusão a que eu cheguei, ora. – E acrescentei, de modo brusco, indelicado, até: – Acho que não preciso dar explicações. Vocês já falaram bastante, já levantaram todos os argumentos.

Júlia nem sequer me olhava: bufava, furiosa. Começou a juntar suas coisas, como se estivesse querendo ir para a aula, ainda que a sineta não tivesse soado. Vitório tentou uma manobra conciliatória:

– Quem sabe a gente discute de novo amanhã?

Ninguém disse nada. Sabíamos que adiar a discussão não resolveria nada, porque claramente estávamos diante de um impasse: dois votos de um lado, dois de outro. Vitório insistiu:

– Ou quem sabe alguém muda de ideia...

Claramente estava se referindo não a mim, mas à Nanda, que no entanto parecia irredutível. O que me surpreendia. Sempre pensara nela como uma garota quietinha, tímida até. E agora a via como uma jovem de vontade férrea, dona de seu nariz e de suas opiniões. E, detalhe: bonita. Nunca me chamara a atenção pela beleza, que, naquele momento, e talvez por causa do fato de ela ter decidido se assumir como pessoa, ficava evidente.

Mas eu não estava a fim de flertar. Não naquele instante, pelo menos. Sentia-me deprimido com o que tinha acontecido, com a maneira pela qual Júlia me tratava. Naquele momento tive a clara, a dolorosa sensação de que nosso namoro, precário namoro, estava definitivamente chegando a seu fim. E um cara que se sente rejeitado não tem condições de começar um namoro novo imediatamente; caso contrário, o próprio Bentinho teria resolvido seu problema com a Sancha.

Uma coisa era certa: eu não mudaria o voto. Era a forma de demonstrar à Júlia o meu protesto (e também ao Vitório, caso estivessem, como eu suspeitava, namorando). Portanto, era mesmo dois contra dois.

– Se pelo menos fôssemos cinco... – suspirou Vitório.

Mas não éramos: não havia ali voto decisivo. Estávamos divididos, dois de um lado, dois de outro. E, divididos, não tínhamos como enfrentar os concorrentes de Santo Inácio ou de qualquer outro lugar.

– Bem – disse Vitório, num tom conciliador –, acho que neste momento não chegaremos a uma conclusão. Estamos

todos de cabeça quente. Mas não vamos esquecer uma coisa, gente: entramos nisso para conseguir grana para o colégio. Este é o nosso objetivo maior e temos de lutar por ele. Vamos dizer que o primeiro tempo do jogo terminou empatado: tudo bem, isto acontece. O que eu proponho é o seguinte: cada um de nós pensa de novo sobre o *Dom Casmurro*. Vamos tentar arranjar novos argumentos, quem sabe com a ajuda de professores, de nossos pais, de pessoas que a gente conhece... Ainda temos algum tempo até o julgamento.

Trocaram um olhar de novo, ele e a Júlia, e nesse momento a fúria me invadiu. "Tô fora", era o que eu ia dizer. Dizer não, berrar. Berrar a plenos pulmões, para que todo mundo ouvisse, o colégio, a cidade, o mundo, para que todo mundo soubesse que eu não aceitava aquela sacanagem. Saltei do banco, e naquele momento desabou a chuvarada. Corremos para o salão paroquial. Não aguentei mais: as lágrimas corriam pelo meu rosto. Felizmente confundiam-se com as gotas da chuva.

8 | *Guerra é guerra*

Chegando em casa encontrei um dos meus irmãos, o Nestor, estudante de Direito, que tinha vindo do Rio para passar o fim de semana em casa. Eu era, como dizia meu pai, a cópia xerox do Nestor: semelhança maior seria impossível. Abracei-o, com a maior efusão possível. Ele logo percebeu que alguma coisa tinha acontecido:

– Você está com cara de velório, mano. O que aconteceu?

Tentei desconversar, disse que não era nada, só uma gripe, mas Nestor não se deixou enganar:

– Conheço você desde o berço, cara. Era eu quem tomava conta de você quando o papai e a mamãe saíam... Eu sabia quando você estava bem e quando não estava, não precisava nem perguntar. E agora estou vendo que você não está bem, e não é gripe coisa nenhuma. Vamos lá, diga: o que o incomoda, Queco?

Tentei falar, mas não consegui: a emoção me embargava a voz. Ele se deu conta de que eu estava vivendo um momento difícil e deduziu que aquilo tinha a ver com a Júlia: sabia de nossas complicadas relações. Tentou consolar-me como pôde, dizendo que aquilo acontecia, que ele mesmo já tinha brigado com várias namoradas:

– E é sempre aquela tragédia. A gente pensa que vai morrer. Numa das vezes perdi completamente a vontade de comer. Sentava à mesa, olhava a travessa com os bifes, com o arroz, o feijão, e pensava: para que comida, se a vida não tem mais graça? Levantava da mesa e ia para o quarto chorar em silêncio. Depois me recuperei, mesmo porque os bifes que a mamãe faz, você sabe, são excelentes.

Tentei sorrir. Animado, ele foi em frente, pedindo que eu esquecesse aquilo, que não desse bola para a briga:

– Amanhã ou depois você nem vai lembrar desse momento ruim.

Negativo. Eu lembraria, sim. Lembraria porque o episódio que eu acabara de vivenciar tinha me machucado demais. Sobretudo aquele olhar que o Vitório e a Júlia haviam trocado... Aquilo era traição, clara e óbvia traição. Eu me sentia enganado, como o Bentinho. E os ciúmes cresciam cada vez mais.

Decidi que manteria meu voto: Capitu tinha traído. Tratei de reler o romance em busca de mais provas. Quanto mais procurava, mais encontrava, claro; é sempre assim, a gente acha aquilo que busca. Capitu era má, era fingida, eu concluía. Já tinha mostrado quem era muito antes do casamento. Desde garota o plano dela era dominar o Bentinho. E tinha conseguido, até mesmo pelo olhar. Olhar de ressaca: grande expressão do Machado. O que é a ressaca? É o mar revolto, enraivecido, querendo invadir a terra. O mar que não conhece o seu limite, que não sabe o seu lugar. Ah, mas comigo isso não aconteceria. Júlia não me dominaria. Ela veria com quem estava lidando.

moacyrscliar

* * *

Eu passava por ela, no salão paroquial, e fingia não vê-la. Ela fazia a mesma coisa, ficava de nariz empinado, sem me olhar. Se era uma briga para saber quem seria o primeiro a dar o braço a torcer, ela não perdia por esperar. Àquela altura, o nosso rompimento já era público. Até o Jaime ficou sabendo que eu não estava numa boa e ligou:

– Estou com saudades de você, Queco. E além disso desconfio que está na hora de a gente bater um papo. Você não quer me fazer uma visita?

Fui. Ele ainda estava em casa, de pijama, convalescendo dos problemas que tivera e dos quais se recuperava com alguma lentidão. Recebeu-me com o carinho de sempre, mas evidentemente estava preocupado comigo e foi logo dizendo por quê:

– Essa divergência no grupo de vocês já é uma coisa chata. E a sua briga com a Júlia não ajuda em nada.

Perguntei como ficara sabendo do assunto. Ele respondeu de maneira vaga, dizendo que o pessoal da escola tinha comentado a respeito. Na verdade, ele estava achando que eu rompera com a Júlia depois da discussão sobre o livro. Agarrou-me o braço:

– Escute, Queco: você não pode romper com a sua namorada por causa de opiniões diferentes. Essa discussão, Capitu "traiu ou não traiu", no fundo não tem muita importância. É um jogo que o Machado faz com os leitores, um jogo ao qual o Brasil inteiro acabou aderindo. Como tema de concurso pode até ser válido; se vocês ganharem o prêmio e puderem arrumar a escola com o dinheiro, será mais válido ainda. Agora, o que tem importância mesmo, no livro, é o ciúme do Bentinho.

Machado mostra como esse homem acabou sendo dominado pela suspeita; a vida dele passou a girar em torno disso.

Ficou um instante em silêncio. Aparentemente, hesitava em me dizer algo, algo que para ele era muito importante, mas penoso. Engoliu em seco e por fim foi em frente:

– Você sabe, Queco, que eu me separei de minha mulher. Um dia ela me disse que tinha encontrado outro homem, e que gostava dele, e que queria viver em sua companhia. Foi um choque. A gente estava casado há cinco anos, mas depois de pensar muito decidi aceitar aquilo como fato consumado: seria melhor para todos. Nós nos separamos como amigos, e amigos continuamos. Se eu tivesse me deixado dominar pelo ressentimento, minha vida, e a vida de minha ex-mulher, teriam se tornado um inferno. Mas a gente tem de agir com equilíbrio, com maturidade. E é isto que eu lhe peço, Queco. Peço-lhe como seu professor, como seu amigo; amigo mais velho, mas amigo. Por favor, não transfira para a sua vida particular os problemas que Bentinho teve com Capitu. Promete?

Não prometi. Estava muito magoado para fazê-lo. Gostava do Jaime, gostava muito dele, faria qualquer coisa que me pedisse, menos aquilo. Além disso, e apesar de suas boas intenções, ele estava enganado. Minha bronca com a Júlia não se resumia a um debate sobre o *Dom Casmurro*, ou sobre o que a Capitu tinha feito na realidade. Eu achava era que a Júlia estava me sacaneando, estava me traindo. Queria me vingar, e levaria a vingança até o fim. O meu voto era importante? Pois então eles não teriam o meu voto. Se isso arrebentasse nosso grupo, se isso se tornasse um obstáculo para o nosso trabalho, azar. A mim pouco importava.

Vendo que eu estava irredutível, Jaime suspirou:

— Veja lá o que você vai fazer — disse.

Naquele momento a enfermeira chegava para lhe fazer um curativo e aplicar uma injeção, por isso fui embora. Mas o dia não terminaria sem uma outra contrariedade. Naquela mesma noite Nanda ligou, pediu que fosse à sua casa; tinha uma coisa importante para me dizer. Fui até lá. Ela estava esperando na porta:

— Não quero que meus pais e irmãos escutem a nossa conversa.

Muito embaraçada, contou que havia pensado bastante e que chegara a uma conclusão: não examinara a questão do "traiu ou não traiu" com a devida serenidade. Na verdade, ficara irritada ao ver Vitório e Júlia tão unidos na "absolvição" de Capitu e, só por birra, resolvera adotar a posição oposta.

— Mas isto não é honesto, Queco. Reli o livro e minha opinião agora é de que o Bento foi vítima de ciúmes. Como eu. E como você, acho.

Eu não podia acreditar no que estava ouvindo. Porque, na nossa reunião inicial, eu ficara com a certeza de que a Nanda estava a meu lado, tão veemente fora sua argumentação. Agora ela simplesmente virava a casaca. Ela me abandonava, me transformava na ovelha negra do grupo. Por que fazia isto? Uma explicação me ocorreu: ela estava querendo dar força ao Vitório, queria agradá-lo, e dessa maneira competiria com a Júlia.

Como que adivinhando o meu pensamento, ela disse, mirando-me nos olhos:

— Acredite, Queco, eu estou mudando de ideia por convicção, não estou querendo puxar o saco de ninguém. Nem mesmo a questão da escola está pesando aí. Acho importante a gente ganhar esse concurso, vou fazer toda a força para isso, mas antes de tudo procuro ser justa, procuro ser equilibrada, procuro ser coerente. É isso.

Era aquilo, e eu estava só, absolutamente só. A votação agora estava desempatada, meu voto não valia mais nada e tudo o que eu teria a dizer ao grupo, na próxima reunião, era se queria ou não continuar. E, se não quisesse, não faria a menor diferença.

– Você não está zangado comigo, está? – perguntou ela, os olhos úmidos.

Tentei bancar o superior:

– Eu? Zangado? De maneira alguma, Nanda. Zangado? Eu? Por quê? Você mudou de ideia, tudo bem: eu respeito. Minha posição é diferente, mas não é por isso que vamos brigar. Afinal, somos civilizados, precisamos aprender a aceitar as diferenças de opinião, o debate. O importante é o que o grupo vai decidir.

– Quem sabe você muda de ideia também... – insinuou ela, tentando gracejar. E aquilo sim, aquilo me tirou do sério. Voz alterada, comecei a dizer que eu era um cara coerente, não desses que dizem ora uma coisa, ora outra. Nanda me olhava, visivelmente impressionada, assustada mesmo.

– Nossa, essa coisa mexeu com você – disse, por fim.

Uma pausa, e continuou:

– Acho que isso tem a ver com sua relação com a Júlia. Eu sei que vocês não estão numa boa. Ela não me falou nada, embora sejamos amigas, mas já pude reparar que vocês nem se cumprimentam.

Colocou as mãos nos meus ombros e falou, num tom que era quase de súplica:

– Não faça isto, Queco. Não se deixe dominar pelo ciúme. Veja o que aconteceu com o Bentinho, no livro. No final, o cara já estava vendo traição em qualquer gesto da pobre Capitu...

– Capitu traiu – eu disse, seco. – E não é a única traidora nesta história toda.

Virei as costas e fui embora.

9 | *Fato novo*

Tudo indicava que a nossa próxima reunião seria uma briga só, do começo ao fim. De um lado, os defensores de Capitu, Vitório, Júlia e a vira-casaca Nanda. Do outro lado, eu, o defensor do Bentinho, previamente derrotado: neste segundo *round* minhas chances eram zero. Pelo jeito, eu iria mesmo a nocaute. Um nocaute vergonhoso.

Uma solução seria jogar a toalha, reconhecer a derrota. Mas isto eu não faria. Não daria a eles esse prazer. E também não deixaria que me enfurecessem, que me tirassem do sério.

O que fazer, então? Para dizer a verdade, eu não sabia. Mas queria ver onde nos levaria a conversa.

Que começou tensa. Vitório tentava levar as coisas numa boa:

– Está certo, pessoal, discordâncias podem existir entre nós, mas nada que não se possa resolver numa discussão de gente educada.

Falou, falou. Nanda e Júlia, muito sérias, nem me olhavam. Não havia dúvida: naquela história existiam dois vilões, um do passado, outro do presente, o Bentinho e eu. Bentinho terminava a sua história só. Eu, pelo visto, também ficaria só. Só e derrotado.

– O ponto de vista predominante aqui no grupo – continuava Vitório – é de que Capitu não traiu. Portanto, esta é a posição que defenderemos no julgamento lá em Santo Inácio, no mês que vem. Nós...

– A menos – interrompi – que surja um fato novo.

Falei e de imediato calei-me, assombrado com minhas próprias palavras.

Fato novo? De onde é que eu tinha tirado aquilo? Não havia nenhum fato novo que me favorecesse. Pelo contrário, a última novidade, a mudança de posição de Nanda, caíra em cima de mim quase como a pedra sobre o telhado da escola. Mas a verdade é que a frase teve impacto: os três me olhavam, boquiabertos.

– Qual fato novo? – perguntou Júlia, esquecida de que já não falava comigo.

Eu sorri, superior:

– É uma coisa que vocês nem podem imaginar.

Nem eu estava imaginando, claro, mas isso eu não podia dizer.

Júlia estava indignada. Nanda, a doce Nanda, também. Mas Vitório, que não perdia de vista o objetivo maior, ganhar o concurso, tratou de manter a calma. Pediu às garotas que se contivessem, e voltou-se para mim:

– O que você está dizendo, Queco, é muito sério. Pelo que entendo você descobriu alguma coisa que acaba com a nossa argumentação. É isso?

Vacilei:

– Bem...

Ele insistiu:

— É isso? Acabaram-se nossos argumentos?

Júlia me olhava, zangada mas ao mesmo tempo ansiosa. Não posso negar que me agradava vê-la assim; eu agora me sentia vitorioso. E resolvi tripudiar:

— É exatamente isso, colegas. Eu descobri algo sobre *Dom Casmurro* que pouca gente sabe. Nem o Jaime tinha conhecimento disso. É uma coisa que vai revolucionar o estudo da literatura brasileira.

— Mas, afinal — bradou Júlia —, pode-se saber que revelação tão espantosa é essa?

— Não — respondi, seco. — Ainda não.

— Por que não?

— Porque ainda me falta algo. Algo que vai servir de prova. Não é um julgamento? Pois então: julgamentos exigem provas. Dentro de alguns dias terei essa prova. E aí minha posição será imbatível. Podem crer.

Àquela altura eu já estava meio inseguro e por mim teria encerrado a desagradável discussão por ali mesmo. Mas Júlia não se deixava convencer: queria saber que tipo de prova eu apresentaria.

— É um documento, coisa assim?

— É. É um documento. — Agora sentia-me completamente encurralado; provavelmente não aguentaria aquela pressão por mais cinco minutos. Minha esperança era de que a sineta soasse. Não soava nunca e eu já estava pensando em ir embora de qualquer maneira quando, inesperadamente, Vitório veio em meu socorro:

— Gente, o intervalo está terminando. Vamos fazer o seguinte: Queco, você nos traz essa prova. Se for realmente importante, como você diz, se mudar tudo, se anular nossos argumentos, teremos de revisar nossa posição, e faremos isso. Só peço que você, por favor, não nos deixe esperando, certo? – Certo – eu disse, e por pouco minha voz não tremeu naquela hora, por muito pouco. Porque a verdade é que, em vez de estar me sentindo vingado, eu me sentia apreensivo: acabara de me meter numa enrascada e não sabia como sair dela. Mas aparentemente ninguém percebia minha perturbação, e procurei manter o sangue-frio. Precisava só ganhar tempo para pensar em alguma coisa, em alguma solução. De modo que avisei: – Pessoal, essa prova da qual estou falando, isso talvez demore um pouco.

– Certo – disse Vitório. – Mas lembre que temos prazo. Não vá nos deixar na mão.

Procurei tranquilizá-los:

– Vocês podem confiar em mim – garanti. E acrescentei (mas isto foi mesmo malvadeza de minha parte, uma malvadeza só explicável pelo ciúme): – Mais do que eu pude confiar em vocês.

Vitório e Júlia de novo trocaram um olhar, aquele olhar que me enfurecia, e que para mim era prova da cumplicidade entre eles. Eu não disse nada, mas aquilo reforçou minha convicção: precisava me vingar, e a tal prova que inventara seria o instrumento de minha vingança; daí em diante dedicaria cada minuto para descobrir o que fazer. Só que não tinha a menor ideia a respeito. Voltei para casa muito aborrecido, preocupado mesmo. Tão preocupado, que mamãe notou.

– O nosso Queco hoje não está com boa cara, Sapeca – comentou olhando para a cachorrinha. – Pelo jeito, quem vai levar você pra passear sou eu.

Naquele momento o telefone tocou. Era o Jaime, querendo falar comigo. Fiz um sinal à mamãe de "não estou em
casa". Ela sacudiu a cabeça, transmitiu o recado e desligou,
mas não deixou de advertir que não lhe agradava mentir,
mesmo em nome do filho, sobretudo em nome do filho. Não
disse nada, mal falei com meu irmão, que vinha entrando, e
fui para o meu quarto, onde tranquei a porta. Estirei-me na
cama, a cabeça girando: meu Deus,
eu pensava, que confusão eu criara.
Agora estava arrependido de não
ter falado com Jaime ao telefone:
certamente ele ligara porque estava querendo me ajudar. Talvez
pudesse até ter me dado alguma
dica capaz de me tirar do atoleiro.

Jaime. Eu agora lembrava a conversa
que tivera com ele, e em particular quando mencionou: "Essa
coisa de 'traiu ou não traiu', isso não tem muita importância.
No fundo, é um jogo que o Machado faz com os leitores".

Um jogo que Machado faz com os leitores. Um jogo que
Machado faz com os leitores...

Um jogo! Machado! Pulei da cama como que impulsio-
nado por uma mola. De repente sentia aquilo como uma
ideia inspirada, que poderia representar a solução para o meu
problema. Mas como, exatamente, poderia Machado entrar
na jogada? Nervoso, eu caminhava de um lado para outro,
tentando encontrar uma resposta para essa questão.

De repente detive-me: já sabia o que fazer.

Uma carta. Uma carta do Machado a alguém, a um leitor
(que poderia até ser anônimo, desconhecido), dizendo que

para ele, o autor do romance, Capitu traíra Bentinho. Um documento assim, se existisse, acabaria de vez com todas as dúvidas. E me daria razão perante o grupo. Só que, infelizmente, Machado não tinha escrito tal carta...

Não tinha escrito, mas escreveria.

Melhor dizendo, alguém escreveria por ele: o Francesco Formoso de Azevedo. O Queco. Eu. Eu escreveria uma carta em nome do Machado dizendo que, na opinião do autor, Capitu traíra Bentinho com Escobar, de quem Ezequiel era filho.

A esta altura vocês devem estar atônitos, estarrecidos com essa ideia que não era só meio louca: era um ultraje, uma ofensa. Afinal de contas eu estava cogitando uma falcatrua histórica, envolvendo ninguém menos que um grande escritor brasileiro. "O que é que deu nesse cara?", vocês devem estar indagando.

Boa pergunta. "O que é que deu nesse cara?"

Desespero, eu acho que é a resposta mais óbvia. Porque desesperado eu estava. E quando o cara está desesperado ele vai fazendo uma bobagem atrás da outra, vai se afundando cada vez mais no buraco que ele próprio cava. Você começa brigando com um, depois briga com outro, e com outro, e inventa uma história, depois inventa outra história para justificar a primeira, e por aí você vai. O que é um absurdo, para dizer o mínimo. Desespero dá para aceitar. Desonestidade, não. Não há desculpa para a desonestidade, para a safadeza.

No meu caso, isto significava "apenas" escrever uma carta imitando o maior escritor brasileiro de todos os tempos, Machado de Assis. Bota atrevimento nisso, vocês dirão. Mas, como dá para ver, esse atrevimento refletia a medida do meu desespero. Eu estava decidido. E, uma vez decidido, tinha de pôr mãos à obra.

10 | *Machado "escreve" uma carta*

Para começar, eu tinha de arranjar papel da época do Machado. Não podia simplesmente pegar uma folha tamanho ofício e ali escrever as minhas mal traçadas linhas. E onde arranjar papel da época?

Por incrível que pareça, isto não foi difícil, graças ao Francesco, o meu tataravô. Chegando ao Brasil, ele se dedicara a escrever um diário de suas primeiras impressões do Rio de Janeiro. Um diário que ele não terminou. No caderno que comprara para isso (exatamente em 1899, ano da publicação de *Dom Casmurro*), várias páginas tinham ficado em branco . "Em branco" era modo de dizer, já que exibiam uma coloração amarelada, de papel muito velho. Eu sabia disso porque o caderno, conservado com orgulho por meu pai, volta e meia era mostrado a vizinhos e visitantes. Eu sabia onde estava o tal caderno, de modo que naquela mesma noite, todo mundo dormindo, fui até lá e cuidadosamente cortei uma folha, bem manchada e amarelada.

Nessa folha eu teria de escrever como o Machado: à mão e usando o material de escrita da época. Onde conseguir esse material?

Resolver esse problema já foi um pouco mais difícil. Tive de ir à loja de um antiquário, que vendia canetas muito antigas. Comprei uma delas, e também um frasco de tinta de escrever. Investimento não pequeno: metade de minhas economias, do dinheiro que eu vinha guardando havia meses e que seria destinado a uma bicicleta ultraequipada. Agora, adeus, bicicleta. Mas o sacrifício valeria a pena; ao menos era o que eu esperava.

* * *

A etapa seguinte mostrava-se bem complicada. Eu teria de imitar a letra de Machado. Agora: onde encontraria amostras da caligrafia do "Bruxo do Cosme Velho"? O apelido me deu uma dica: eu deveria ir ao Rio. Mais precisamente à Casa de Machado, ou seja, a Academia Brasileira de Letras, por ele fundada. Eu sabia, porque o Jaime tinha nos contado, que a Academia conservava muita coisa de Machado; a sua mesa de trabalho, por exemplo, e originais de suas obras.

A Academia fica no Rio de Janeiro, mas de Itaguaí até a antiga capital federal a distância é pequena. Alegando à Sandra

que eu precisava consultar um médico (e precisava mesmo: um médico da cabeça...), faltei à aula e fui até lá. Segui direto para o endereço que tinham me dado, na Avenida Presidente Wilson, centro do Rio de Janeiro. Um lugar muito bonito, aquela casa em estilo antigo ao lado do prédio mais moderno, onde funciona a parte administrativa. Subi os degraus e deparei-me com uma estátua em bronze de Machado de Assis. Ali estava ele, sentado, olhando-me fixamente, como se perguntasse: "Tens certeza do que vais fazer, meu jovem amigo?".

Uma pergunta a que eu não saberia responder. Mas meu problema naquele momento não era responder a imaginárias perguntas do Machado e sim entrar na Academia, ir ao arquivo e examinar a caligrafia nas cartas dele ali guardadas. Sozinho, eu não teria a menor chance de conseguir o que queria, mas a sorte me ajudou: naquela tarde, como aliás frequentemente acontece, havia uma turma de alunos visitando a Academia Brasileira de Letras, conduzidos por uma professora de literatura. Misturei-me a eles, fomos até o arquivo ver objetos de Machado de Assis. Ali estavam também cartas escritas pelo próprio escritor. Eu levara comigo uma câmera, escondida; aproveitei um momento em que ninguém estava olhando e rapidamente tirei fotos das cartas. Também descobri, na livraria, livros que reproduziam estes originais, um dos quais comprei.

De volta a Itaguaí, comecei a treinar. A verdade é que não era difícil imitar a letra de Machado, mesmo porque, devo dizer, eu tenho uma habilidade especial para esse tipo de coisas. Lá pelas tantas eu poderia facilmente ter preenchido um cheque do escritor sem despertar a menor suspeita de seu banco. Minha letra estava igual à dele.

Agora, sim, vinha a parte mais difícil.

A carta.

Para começar eu não dirigiria esta missiva a nenhuma pessoa em particular. Começaria simplesmente com um "Prezado amigo". Depois, teria de usar uma linguagem do fim do século XIX – com a qual eu já estava um pouco familiarizado, graças, exatamente, ao livro *Dom Casmurro*. Mas não fiquei só nisso. Na biblioteca, procurei livros com a correspondência de escritores famosos do passado. Não achei muita coisa, mas o pouco que encontrei ajudou. Fiz vários rascunhos da carta, até chegar à forma que queria – um bilhete curto, cordial mas não efusivo. Começava com o "Prezado amigo" já mencionado, agradecia o interesse desse "prezado amigo" pelo *Dom Casmurro* e respondia à pergunta supostamente formulada pelo imaginário missivista: "Se o amigo quer saber minha opinião de autor acerca do que aconteceu em *Dom Casmurro*, aqui a tem: Capitu traiu". Mais algumas considerações e logo aquela antiga fórmula com que as cartas terminavam: "Sem mais para o momento, fico, atenciosamente".

Reli o que tinha escrito.

Deus, será que aquilo passaria por uma carta do Machado de Assis? Do grande Machado de Assis, do mestre da literatura brasileira? Achei que sim. Eu precisava achar que sim, que, respondendo meio apressadamente para um leitor qualquer, o Machado resumisse sua opinião acerca de *Dom Casmurro* daquela maneira tão simples, tão sumária. E precisava achar que também para os outros a carta seria convincente. Mas quando a gente precisa se convencer de alguma coisa a gente se convence, não é mesmo? Não é difícil a pessoa iludir a si própria. É um processo que, quando começa, progride sozinho.

O rascunho pronto, eu agora precisava transcrevê-lo adequadamente para a velha folha de papel do caderno do meu antepassado.

Aquilo foi difícil. Gente, aquilo foi muito difícil. Em primeiro lugar porque eu, que só usava caneta esferográfica, não estava familiarizado com o material de escrita; tinha medo de estragar a pena da caríssima caneta. Mas pior era a consciência culpada. De repente eu me dava conta do que estava exatamente fazendo; por causa de uma briga com amigos e com minha namorada (seria mesmo?) eu estava falsificando a escrita do grande Machado de Assis. Era tamanho meu nervosismo que minha mão tremia, eu não conseguia me controlar. Finalmente, respirei fundo e fui em frente. Num esforço monumental, copiei as seis linhas do rascunho.

Olhei o resultado: estava satisfatório. Uma ou outra letra um pouco tremida, mas isto até dava autenticidade ao documento; Machado já não era jovem à época em que o teria escrito.

Assinei: Machado de Assis.

Respirei fundo de novo. Pronto. A coisa estava feita.

Dizem que um momento decisivo na história da humanidade ocorreu na Roma antiga quando Júlio César, à frente de suas tropas, cruzou o rio Rubicão, o que ele, de acordo com a legislação romana, não poderia fazer. "Cruzar o Rubicão" ficou como sinônimo de uma decisão ousada, cheia de riscos, uma decisão sem volta. Pois bem, naquele momento eu tinha cruzado o Rubicão. Agora, era enfrentar. Agora, era como César: vencer ou morrer. Olhei o papel amarelado na minha frente, a carta com a caprichada caligrafia machadiana, e concluí: a sorte estava mesmo lançada.

11 | *A farsa segue em frente*

Meu problema agora era inventar uma história plausível sobre a carta; uma história muito bem bolada, uma história digna de Machado de Assis. E me achava perfeitamente capaz de fazê-lo: agora que começara a mentir, agora que dominava a arte da trapaça, não pararia mais, para o Bem ou para o Mal – mais para o Mal, na verdade, mas no momento, preocupado em enganar o grupo (e enganar a mim próprio), eu não me dava conta disso.

A história, então. A história de como a carta chegara às minhas mãos.

Primeiro pensei em dizer que eu a tinha recebido de presente do meu vizinho, o seu Sizenando, um velhinho muito culto, grande leitor. Ele havia falecido poucos dias antes e nas últimas semanas de sua vida, a pedido de mamãe, eu ajudara a cuidar dele, fazendo compras para a casa, ajudando-o a se locomover. O pessoal da escola sabia disso, e o Jaime tinha até me elogiado em público pela dedicação a uma pessoa doente.

Pois bem, eu contaria que, em retribuição, o ancião resolvera me dar um presente: aquela carta, encontrada em um velho livro na biblioteca que pertencera a seu pai. Eu acrescentaria que, de início, nem quisera receber um documento tão valioso, preciosidade que deveria estar num museu ou na Academia Brasileira de Letras; mas seu Sizenando insistira, dizendo que um dia aquilo seria muito importante para mim – palavras proféticas, como se o velho tivesse adivinhado que um dia estaríamos metidos no julgamento de Capitu.

O fato de o seu Sizenando ter morrido ajudava e atrapalhava. Ajudava porque ele não poderia contestar a história; atrapalhava porque não poderia confirmar esta mesma história. E eu precisava de alguém que corroborasse a minha narrativa, que pudesse dar seu testemunho. Precisava de alguém que estivesse vivo. Depois de matutar muito, cheguei à pessoa: o seu Godofredo.

Era o dono de um sebo que ficava no centro de Itaguaí. Uma livraria pequena, cheirando a mofo, e atulhada de livros velhos. Meu pai dizia que nem o próprio Godofredo sabia quantos livros havia ali, o que provavelmente era verdade. Cada vez que alguém queria se desfazer de uma biblioteca, era a Godofredo que recorria. Resultado: os livros acumulavam-se em prateleiras, em cestos, em pilhas no chão. Livros antiquíssimos, alguns datando do século XIX. E o seu Godofredo não dava muita bola para a loja; ficava atrás da caixa registradora, lendo o jornal, e nem sequer tentava fiscalizar os rapazes que, volta e meia, e aproveitando suas frequentes distrações, roubavam livros e saíam correndo. O desligado Godofredo seria o meu cúmplice. Cúmplice involuntário, mas cúmplice.

Com a "carta do Machado" escondida no blusão, fui até lá. Seu Godofredo me viu entrar, cumprimentou-me: ele me conhecia, não só porque em Itaguaí todo mundo mais ou menos se conhece, mas também porque eu já tinha estado no sebo algumas vezes, atrás de uns livros recomendados pelo Jaime.

Perguntei onde estavam as obras de Machado de Assis. Ele não sabia bem:

– Por ali, naquelas prateleiras do fundo.

Havia, de fato, alguns antigos livros do Machado ali, incluindo vários exemplares do *Dom Casmurro*, um deles datando do começo do século XX. Dentro desse coloquei a carta. Fui até o caixa, paguei (não foi pouco; o restante de minhas economias). Fingi que ia sair, mas então dei meia-volta:

– Diga-me uma coisa, seu Godofredo: quando a gente compra um livro aqui, compra tudo o que tem dentro, certo?

Ele me olhou sem entender, mas disse que sim, tudo que estivesse no livro passaria a ser do comprador.

– Neste caso – continuei – acho que sou dono disso aqui.

E mostrei-lhe a carta. Ele pegou-a, intrigado, leu, arregalou os olhos:

– Mas é uma carta do Machado de Assis! Que coisa fantástica! Uma carta do Machado de Assis! E eu, que nunca descobri essa carta!

Estava impressionado – e chateado: tivera uma preciosidade em sua livraria por muito tempo, não se dera conta disso, e agora era tarde para reclamar. Fazendo força para manter o chamado espírito esportivo, felicitou-me:

– Uma carta de Machado deve valer um bom dinheiro, rapaz. Mais do que qualquer dos livros que tenho por aqui. Mais do que todos os livros deste sebo juntos.

Eu disse que não tinha dúvida quanto àquilo e perguntei-lhe se poderia contar com seu testemunho para narrar o que acontecera. Ele disse que sim: afinal, eu era uma pessoa conhecida, em quem se podia confiar. Pediu para ler a carta mais uma vez, sacudiu a cabeça, impressionado:

– Então, para o Machado, Capitu traiu. Quem diria.

Esta foi a história que contei, quando, no dia seguinte, mostrei a carta ao pessoal. Devo dizer que preparei cuidadosamente a encenação: coloquei o papel num envelope plástico, como se ele precisasse ser cuidadosamente protegido. E, ao exibir esse envelope ao pessoal, pedi a eles o maior cuidado. Os três se aproximaram e miraram atentamente o conteúdo do envelope. Estávamos todos tensos, muito tensos. A suposta carta claramente me separava do restante do grupo. Era eu de um lado, eles do outro.

Vitório me olhou, claramente desconfiado. Ele sabia do meu passado de colador, sabia que não raro eu inventava histórias. Não seria difícil para ele me desmascarar. Mas vejam a força do desespero: eu precisava sustentar o olhar ante o dele e era o que eu fazia. Enfrentava o olhar dele, e o olhar de Nanda, e, principalmente, enfrentava o olhar de Júlia, no qual eu via, além de desconfiança, muita raiva.

Ela procurava, em meu rosto, em meus olhos, evidências da mentira. Mas, para seu desgosto (desgosto que eu adivinhava e que, devo dizer, me dava imenso prazer), não as encontrava. E não as encontrava em primeiro lugar porque eu, naqueles poucos dias, aprendera a desenvolver a técnica da simulação, do fingimento, e também porque os invisíveis canais de comunicação que se haviam formado entre nós ao longo de muito tempo de convivência agora estavam desfeitos, ou quase. "Bem feito", eu pensava. "Você me sacaneou? Agora pague o preço." Mas ela não deixou de levantar uma suspeita:

– Admitindo que esta carta seja verdadeira, Queco, não é muita coincidência o fato de você tê-la encontrado logo agora?

– Não – repliquei. – Não é coincidência. Encontrei a carta porque tive a curiosidade de olhar uma edição antiga do *Dom Casmurro*. Se não fosse eu, teria sido um outro. Mas o Destino, para falar como o Vitório, quis que fosse eu.

Vitório preferiu ignorar a provocação:

– Admitindo que a carta é mesmo do Machado de Assis – disse –, estamos diante de um fato consumado. E temos de aceitar essa nova situação. Os nossos argumentos perdem completamente a força. O grupo achava que Capitu não traiu. Agora...

– Um momento – bradou Júlia. – O grupo "achava"? Não: o grupo "acha" que Capitu não traiu. Eu, pelo menos, penso assim. Li o livro, Vitório. Li o livro, como você leu, e como a Nanda leu. A gente tinha chegado à conclusão de que esse tal de Bentinho é um ciumento doente, desses que veem traição em tudo, até num olhar. A pobre da Capitu pagou o pato, Vitório. Foi isso que a gente concluiu, e não vejo nenhuma razão pra gente mudar de ideia. Agora vem o Queco com uma tal de carta... Tá bom, pode ser que a carta seja verdadeira, que o Machado de Assis pense diferente de nós. A mim pouco importa, eu fico com a nossa análise, com as nossas conclusões. Um autor pode se enganar quanto ao trabalho dele, não pode? É a mesma coisa que você ter, por exemplo, um bicho pousado em suas costas. Ele está em você, ele está mais perto de você do que de qualquer outra pessoa. Isso não quer dizer que você vê o bicho melhor do que os outros, ao contrário.

Disse isso e se calou, ofegante, achando talvez que tinha convencido Vitório e Nanda.

Não tinha. Nanda, olhos baixos, não dizia nada. Vitório suspirou:

– Talvez você tenha razão, Júlia. Mas prova é prova, ainda mais prova escrita. Uma carta do Machado... A propósito, você mostrou essa carta para gente que entende, Queco?

– Claro – menti, e àquela altura era incrível a facilidade com que eu mentia. – Mostrei, sim, para um pessoal da Academia Brasileira de Letras. Ali tem pessoas que passam o dia estudando a obra do Machado, as cartas do Machado... Tem especialistas na caligrafia dele... Esse pessoal confirmou: a letra é do Machado.

– Então – arrematou Vitório, seco –, a dúvida está liquidada. O que nós temos de fazer agora...

– Um momento – disse Júlia. – A carta existe. Mas isto não significa que tenhamos de mudar nossa argumentação.

– Como? – Vitório não estava entendendo.

– Ninguém diz – prosseguiu ela – que o nosso amigo Queco é obrigado a mostrar a carta agora. Ele pode esperar que o julgamento termine. Se o segredo ficar entre nós, podemos prosseguir com nossa argumentação.

Senti que estávamos chegando a um momento decisivo. E de fato ela se virou para mim, fitou-me, os olhos úmidos:

– Eu lhe peço, Queco, em nome de nossa amizade, que você guarde esta carta por mais uns dias. Eu lhe peço, Queco. Você faz isto por mim, Queco? Faz?

Dizem que a vingança é um prato que a gente come frio, depois que passou o calor da briga. O prato de minha vingança não estava só frio, estava gelado. Mas não seria por isso que eu deixaria de saboreá-lo. Olhei-a firme:

– Não. Não vou fazer isto. A verdade tem de ser revelada, custe o que custar.

Ela empalideceu, claramente abalada. Mas não disse nada. Nem precisava dizer; a expressão amargurada de seu rosto para mim já era suficiente: eu estava, enfim, tendo minha desforra.

Vitório suspirou, olhou-me:

– É sua palavra final, Queco?

– É.

Fez-se um silêncio tenso, pesado. Júlia, absolutamente transtornada, nem me olhava.

– Bem – disse Vitório –, neste caso temos de mudar os planos. Em primeiro lugar: vamos continuar com o projeto de entrar no julgamento lá em Santo Inácio. Precisamos do dinheiro para a escola, não podemos voltar atrás. Só que devemos participar de forma diferente. Proponho que o Queco vá no nosso lugar e que defenda a sua ideia, isto é, a ideia de que Capitu traiu o Bentinho. Se a carta é verdadeira como você diz, Queco, trata-se de uma prova imbatível. Para mim você já ganhou, e quero até lhe dar antecipadamente os parabéns.

Sorriu, forçado:

— Acho que a gente não imaginava que as coisas iam acontecer assim, né, pessoal? Mas o que importa é o Colégio Zé Fernandes, e o colégio sairá vitorioso desta. Portanto, teremos um final feliz.

Depois das aulas fui para casa. E vocês devem achar que eu ia triunfante, o rei na barriga.

Não. Triunfante, não. Rei na barriga, também não. De repente as coisas tinham mudado. De repente eu me dava conta do enorme fosso que se abrira entre nós, um fosso cavado por mim. E aquilo já não me alegrava, já não me dava satisfação. Eu me sentia o último dos mortais, um cara repugnante, nojento. Tão desgostoso estava comigo próprio que não pude sequer almoçar. Tranquei-me no quarto, atirei-me na cama e chorei, chorei, até adormecer.

Dormi e sonhei. Em meus sonhos eu via um homem vestido à moda antiga. Eu não o conhecia, não sabia seu nome, mas tinha certeza de que ele era o Bentinho. Que me olhava sem dizer nada. O que me deixou indignado: "Eu aqui me sacrificando por você, mentindo, falsificando, e você nem sequer me agradece?". Ele se limitou a sacudir a cabeça e desapareceu.

12 | *Reta final*

itório orientou-me sobre como deveria proceder em relação à inscrição para o julgamento.

– Você terá de preencher uma ficha. Coisa simples: perguntam seu nome, o nome de seus pais, a escola em que você estuda. E não esqueça: você terá de anexar o resumo da apresentação que pretende fazer.

Bem, este resumo, mesmo sendo um resumo, era uma exigência complicada, porque, e nisto Vitório e eu estávamos de acordo, não deveríamos falar da carta, que era, por assim dizer, nossa arma secreta. Mas, sem a carta, tudo o que poderíamos fazer era listar os habituais argumentos sustentando que Capitu traíra Bentinho. Isto, certamente, outros fariam; qual seria o diferencial em meu resumo? Chegamos à conclusão de que seria preciso mencionar, mesmo que vagamente, a tal carta. Assim, a frase final do resumo dizia: "Estes argumentos são confirmados pelo recente achado de um importante documento, de autoria do próprio Machado de Assis, documento a que este candidato teve acesso, em caráter excepcional". Frase de Vitório, que aliás era um excelente redator (hoje ele é editor-chefe de um grande jornal).

O próprio Vitório foi comigo até Santo Inácio, para me ajudar na inscrição. O que era gratificante e, ao mesmo tempo, me dava um grande sentimento de culpa. Então, aquele era o cara que estava me sacaneando, que estava me traindo com minha namorada (agora ex-namorada)? Na volta, no ônibus, engoli o orgulho e falei-lhe do que estava sentindo. Ele ficou em silêncio um instante e depois disse:

– Olhe, Queco, não vou dizer nada a você. Quando o cara está com ciúmes, argumentos não adiantam. Eu tenho certeza de que você descobrirá a verdade. Só espero que quando descobrir não seja tarde demais.

Aquilo soara como uma reprovação? Claro que sim. Não seria a única, naquele dia. Mais tarde, à mesa de jantar, mamãe comentou, como quem não quer nada:

– Ouvi dizer que você se inscreveu neste julgamento simulado que vai ser feito em Santo Inácio e que vai representar a escola. É verdade?

– Verdade – respondi, tentando mostrar despreocupação.

– E – continuou mamãe, servindo-se de salada – é verdade também que você vai defender a tese de que a Capitu traiu o Bentinho?

– Verdade.

– Não preciso dizer – ela a custo continha a contrariedade – que você não conta com meu apoio. Sou das pessoas que lutam pelos direitos das mulheres, e não gostaria de ver meu filho sustentando uma posição machista como é a do Bentinho. Machista, sim. Porque...

Ciumento de Carteirinha | 101

— Passe os bifes — interrompeu meu pai, e continuou: — Escute, querida, você não acha este assunto meio indigesto para ser discutido no jantar?
— Não, não acho. — Mamãe, nervosa. — O Queco é nosso filho, nosso dever é educá-lo, é dizer a ele a verdade, mesmo que essa verdade pareça desagradável. A história de Capitu e do Bentinho é um exemplo típico de como...
— Desculpe, mamãe — agora era eu quem a interrompia —, mas posso perguntar como é que você sabe que eu vou participar do julgamento?
— A Júlia me disse.
A Júlia. Estava explicado. A Júlia. Assim como Capitu se tornara amiga de dona Glória, a mãe do Bentinho, Júlia procurava se aproximar de mamãe. Mesma tática, mesma sacanagem.
— Ela está magoada com você, Queco. E, no meu modo de ver, ela tem razão. Porque...
Não quis ouvir o resto. Levantei-me, furioso, e saí de casa, batendo a porta.

Durante uma hora vagueei pelas ruas de Itaguaí, desertas, àquela hora: hora do jantar, do noticiário da tevê, da novela. Eu estava absolutamente transtornado. Não só Júlia me traíra, como ainda fazia intrigas com minha família! Bota safadeza nisso!

Finalmente, de um orelhão, liguei para a casa dela. Atendeu-me a própria Júlia. Sua voz, num tom neutro, não mostrava reprovação (nem receptividade). De imediato comecei a repreendê-la: "Você não tem respeito, você não tem qualquer consideração por mim, você fica aí fazendo fofoca sobre minha pessoa". Ela me ouvia, em silêncio. Depois que desabafei, perguntou:

– É isso que você tinha pra me dizer?

– É isso – eu, ainda ofegante.

– Pois então ouça, Queco. Não sei o que exatamente você está pensando ou imaginando, mas de uma coisa pode ter certeza: você está fora da realidade, entendeu? Completamente fora da realidade. Nada que você pensa ou imagina aconteceu.

– O quê!? Você está querendo me dizer que não pintou nada entre você e o Vitório?

– Pode ter pintado. Admito: pode ter pintado. Isso acontece, não acontece? O Vitório é um cara legal, inteligente, gentil. Um cara entusiasmado, que acredita nos seus ideais. Sempre me tratou bem, ao contrário de você que... me desculpe, Queco, mas tenho de lhe dizer isso... volta e meia dá uma de arrogante. E você vinha me tratando mal, Queco. Você pode não ter percebido isso, mas vinha me tratando mal. E isto me doía, Queco. Porque...

Interrompeu-se, e eu percebi que ela estava soluçando.

Ciumento de Carteirinha

— Eu amo você, Queco. Apesar de tudo, eu amo você.

Deus. Oh, Deus. Eu queria que aquele orelhão me engolisse, me sugasse, me fizesse sumir da face da terra. Tudo que pude fazer foi dizer, a voz embargada:

— Eu vou aí, Ju. Vou à sua casa agora mesmo.

— Não. Não venha.

— Mas por quê? – perguntei, angustiadíssimo.

— Porque não. Porque eu não quero. Não estou à sua disposição, Queco. Você não faz comigo o que você quer. Não sou como a Capitu, que o tal do Bentinho mandou pra Europa, onde a coitada veio a morrer. Só quero que saiba que está fazendo uma tremenda bobagem. Espero que não se arrependa. E espero que você não se meta em complicações.

Aquilo, agora, me deixara alarmado. Confuso e alarmado:

— Por que você diz isso?

— Você deve saber melhor do que eu – respondeu, num tom seco, enigmático, e desligou.

Fiquei ali parado, imóvel, o telefone na mão. Era como se o mundo de repente tivesse acabado. Meu Deus, o que é que eu tinha feito? O que eu estava fazendo? Eu estava numa situação cada vez mais difícil, mentindo, brigando com meus amigos... e agora levando o maior fora da garota que eu amava.

Mas não era tudo. Quando, finalmente, voltei para casa, recebi um telefonema do Jaime. Obviamente ele já sabia que eu estava inscrito no julgamento da Capitu, já sabia qual era a posição que eu iria defender. Mas não era nisso que ele estava interessado, era em outra coisa:

— Esse tal de documento que você vai apresentar como prova... Que documento é esse?

— É uma carta — respondi, tentando manter o sangue-frio (mas a minha voz inevitavelmente tremia um pouco).

— Uma carta de quem, posso perguntar?

— Do Machado, ora.

Ele ficou um instante em silêncio, seguramente abismado com o que tinha ouvido.

— Uma carta do Machado, você disse? Do Machado de Assis?

— É. Uma carta do Machado de Assis.

Nova pausa, tensa pausa, ultratensa pausa. Ele disse, lentamente, medindo as palavras:

— Não sei se você se dá conta, Queco, mas um documento destes tem importância imensa. Ele muda a ideia que todos tinham, segundo a qual Machado criou propositadamente um enigma que cabe ao leitor resolver. Esta carta será uma verdadeira revolução.

Pigarreou e voltou à carga, agora escolhendo cuidadosamente as palavras:

— Diga-me uma coisa, Queco: você tem certeza de que esta carta é autêntica? Sim, eu sei que você a encontrou num livro antigo. Mas isto não garante a autenticidade do documento.

— Sei disso. — Eu, fazendo toda força para mostrar despreocupação. — Mas mostrei para uns caras que entendem, e eles me disseram que a carta é mesmo do Machado. Portanto

Ciumento de Carteirinha **105**

não se preocupe, Jaime, está tudo certo com a carta e comigo. Eu vou vencer o julgamento, pode ficar seguro.

– Se é como você diz, as chances são mesmo grandes – cedeu ele, sempre cauteloso. – Não tenho dúvidas a este respeito. E fico contente. Afinal, com esse dinheirão poderemos reconstruir a escola... Mas não se esqueça dos outros problemas que você tem.

– Que problemas? – Aquela conversa já estava me deixando nervoso.

– Com seus amigos. Com sua namorada. Eu sei que nada tenho a ver com isso, mas você sabe que eu gosto de vocês e que estas brigas me doem muito. Mais que a dor das fraturas, que doem bastante... Deixe que eu lhe diga isso, Queco: um dia você vai descobrir que poucas coisas são tão importantes na vida como o amor, a amizade. Não jogue isso fora, cara. Avalie bem a situação. Você não vai participar de um julgamento? Pois comece julgando, e de modo bem imparcial, os seus próprios atos. Tenho certeza de que vai mudar muita coisa.

Eu estava com um nó na garganta, mal podia falar. Agradeci o conselho, despedi-me. E ali estava a Sapeca, na sala, me olhando fixo. Avancei para ela. Eu precisava abraçar alguém, nem que fosse uma cachorrinha. Mas a Sapeca, com medo, decerto, dos meus ataques de fúria, fugiu. E eu fiquei ali, só, completamente só.

13 | *Inesperada repercussão*

Teoricamente, a inscrição para o julgamento simulado deveria ser sigilosa. Mas só teoricamente; Santo Inácio e Itaguaí são duas cidades relativamente pequenas, onde todo mundo comenta a vida de todo mundo. Assim, quando se encerraram as inscrições, logo ficamos sabendo que, depois de uma triagem inicial feita pelo próprio júri, haviam sido selecionados para a disputa final três candidatos. Um deles, o Ernesto Gonçalves, era conhecido em Santo Inácio como "Gênio"; tinha uma cultura imensa, sabia escrever, sabia falar bem e contava com o apoio de um grupo forte, nada menos que doze colegas de sua escola, o Colégio Santo Inácio. O outro, Ramão Oswaldo, o Fuinha, era tão conhecido pela inteligência como pela esperteza e pelo mau-caráter. Não por acaso, inscrevera-se sozinho.

— Este cara vai aprontar — resmungou Vitório. — Não sei o quê, mas ele vai aprontar.

Se eu já estava preocupado, não perdia por esperar: para mim, desagradáveis surpresas estariam reservadas.

Dois dias antes de começar o julgamento recebi um telefonema. Era o Josué, repórter do *Diário Itaguaiense*, e que eu conhecia de vista. Queria falar comigo com urgência:

– Está correndo um boato a seu respeito por aí.

– Que boato? – Eu, surpreso, e alarmado.

– Dizem que você tem uma carta na manga.

Gelei. Até jornalista já sabia da história. Fiz-me de desentendido, disse que não sabia do que se tratava; ele riu, matreiro, mas explicou:

– Falam que você tem um trunfo secreto. Que vai apresentar um documento capaz de mudar tudo o que se sabe a respeito desse livro do Machado de Assis. Pois eu quero entrevistar você sobre este assunto, e quero exclusividade. Afinal, somos o principal jornal de Itaguaí, de sua terra. Estamos torcendo por você, mas é toma lá dá cá: você nos dá essa informação em primeira mão, nós apoiamos você no julgamento. Que tal essa?

Eu agora estava francamente alarmado. Em primeiro lugar pelo fato de a informação ter vazado, o que não poderia ter acontecido; em segundo lugar, pela possibilidade de o documento aparecer em jornal, o que seria um desastre: os organizadores do concurso certamente me eliminariam de imediato. Expliquei ao Josué que me comprometera a manter sigilo, o que ele, ainda que relutante, acabou aceitando em troca de uma promessa: logo depois do julgamento eu lhe daria a tal entrevista exclusiva. E insistiu:

– Veja lá, hein? Até esse dia você não pode falar com ninguém da mídia.

A advertência tinha razão de ser: já naquele mesmo dia fui procurado por jornalistas de duas rádios e de uma tevê, esta do Rio. O que deixou meu pai intrigado:

– Por que, raios, tem tanto jornalista ligando? Em que confusão você se meteu, Queco?

Acabei contando a história do documento. Como Jaime e como Vitório, ele imediatamente ficou desconfiado. Fez várias perguntas a respeito, ouviu minha explicação com um ar suspeitoso:

– Vê lá o que você está fazendo, Queco. Esse tipo de coisa não é brincadeira, muita gente vai se interessar pelo assunto. E investigar o assunto. Por favor, não se meta em confusões…

Àquela altura eu já estava meio arrependido. Jaime e papai tinham razão: a chance de complicações era grande. Mas, cada vez que lembrava o olhar que Júlia trocara com Vitório, a raiva me invadia: eu precisava, sim, ganhar aquele julgamento, precisava esfregar o dinheiro do prêmio na cara dela. Seria a minha vingança. Decidi que daí por diante não falaria com mais ninguém sobre a suposta carta, mas que levaria a coisa até o fim.

* * *

Naquela mesma noite o telefone tocou mais uma vez, na hora do jantar. Mamãe atendeu: é pra você, disse, num óbvio tom de censura; também ela estava farta de tantas ligações. Atendi e já fui dizendo:

– Desculpe ser brusco, meu amigo, mas se é sobre a carta do Machado, e se você quer…

– É sobre a carta do Machado, Francesco – respondeu uma voz grave, num tom intrigante, meio irônico, meio ameaçador. – Sobre essa tal de carta do Machado. E, se eu fosse você, não desligaria. Ouviria até o fim o que eu tenho pra lhe dizer. Pode lhe poupar um grande aborrecimento.

Aquilo não era brincadeira. Respirei fundo:

— Desculpe. Fale, estou ouvindo.

— Você não me conhece — prosseguiu o homem — e, de momento, meu nome não vem ao caso. Só vou lhe dizer minha profissão: sou grafologista, perito em escrita manual. Você sabe do que estou falando?

Eu tinha uma vaga noção do que se tratava, de modo que ele explicou:

— Comparando dois textos manuscritos, posso dizer, pela caligrafia, se são de uma mesma pessoa ou não. Isto certamente lhe interessa, não é?

Interessava-me. Infelizmente, agora aquela coisa me interessava, e muito. O homem prosseguiu:

— Fui procurado por um adversário seu nesse julgamento. O nome, obviamente, não vou lhe dizer, mas ele sabe que você vai apresentar como prova uma carta que teria sido escrita pelo próprio Machado de Assis. Se a carta é falsa, amigo Francesco, eu não terei a menor dificuldade em prová-lo: é só comparar a caligrafia, coisa que sei fazer como ninguém. O problema é que seu adversário quer me pagar muito pouco para fazer isso. Então eu pensei em fazer a você uma proposta, que outros chamariam de indecorosa, mas que, considerando a minha difícil situação financeira, estou disposto a levar adiante. Posso, se você topar, atestar por escrito que a carta é verdadeira. Mas, para isso, quero metade do valor do prêmio.

Eu simplesmente não sabia o que dizer. Ele voltou à carga:

— Alô! Está aí, amigo Francesco? Está? Ah, bom, eu pensei até que a ligação tinha caído. Então, o que me diz dessa proposta?

O que dizer? Eu não sabia, tão embaralhados estavam meus pensamentos. Ele deu-se conta disso:

– Bem, você não precisa resolver agora. Dou-lhe vinte e quatro horas para pensar. Amanhã, a essa hora, estarei esperando sua ligação. Mesmo porque o julgamento está se aproximando, certo? Pense bem na proposta que lhe fiz.

Deu-me um número de telefone e desligou. Desliguei também, ainda aturdido. A sensação que se apossava de mim agora era a de que eu estava num pântano, num terreno de areia movediça, e que cada vez afundava mais.

O que fazer?

Pra começar, eu nem sabia se o homem era mesmo um perito em escrita manual, como dizia. Talvez sim, talvez não.

Bem poderia ser um vigarista; alguém que, de alguma maneira, descobrira o segredo da carta e agora queria tirar proveito da situação. Mas, e se fosse mesmo um perito? Quem teria entrado em contato com ele? Só poderia ser o Fuinha, concluí. Mas mesmo para um mau-caráter como o Fuinha aquele seria um jeito muito drástico de eliminar um adversário. Ou seja: dúvidas e mais dúvidas. De qualquer modo tratava-se de uma situação potencialmente perigosa, e eu não sabia o que fazer. Por fim, decidi ignorar o telefonema, mesmo que isso representasse um risco. Afinal, riscos eu já estava correndo, e vários. Um a mais não faria diferença. Eu não ligaria de volta. Até joguei o papel com o número do telefone no vaso sanitário e dei descarga. Mas isso não resolvia meus problemas, que pareciam crescer a cada minuto. E, pior, eu não tinha a quem pedir auxílio. Para fazê-lo, teria de confessar minha desonestidade; seria a desmoralização total, um vexame grande demais. O jeito, portanto, era aguentar tudo sozinho.

14 | *O julgamento*

Chegou o dia. "É hoje", dizia a manchete da notícia que o *Diário Itaguaiense* trazia com certo destaque. Nela, os leitores eram informados de que "o jovem Francesco Formoso de Azevedo representará a nossa cidade numa das disputas culturais mais interessantes dos últimos tempos".

Como era sábado, papai e mamãe não trabalhavam. Resolveram me acompanhar, apesar de meus pedidos para que eles não fossem. Obviamente, eu estava com maus pressentimentos. Mas eles disseram que queriam estar a meu lado:

– Os pais são para isso – disse papai. – Para estar com os filhos nos momentos difíceis e nos momentos de glória. No seu caso, com toda a certeza o momento difícil vai dar lugar ao momento de glória. E, quando isso acontecer, estaremos lá pra aplaudir.

– Você sabe que eu não estou de acordo com sua posição – acrescentou mamãe –, mas filho é filho. E, a Capitu que me perdoe, também estarei torcendo por você.

Não só meus pais me acompanhariam. Os colegas de escola tinham alugado um ônibus que levaria uns quarenta deles. No mesmo ônibus iriam Jaime e Sandra; aliás, era a primeira vez que Jaime estava saindo de casa após o acidente. Fomos, portanto. Eu me sentia como a vítima que está sendo entregue ao carrasco. Momento de glória, como dissera papai? Não era o que eu antecipava.

O julgamento seria realizado no Cine-Teatro Astor, um velho cinema no centro de Santo Inácio, o que, entre parênteses, pareceu-me um lugar mais do que apropriado. Afinal, o cinema é um lugar de dramas, de comédias. E era isto justamente o que viveríamos naquela tarde, um drama, uma comédia, ou as duas coisas.

Quando chegamos ao local, já havia uma fila enorme de gente esperando para entrar. Fomos recebidos pela Valéria, relações-públicas da empresa promotora do evento. Uma moça muito simpática: estaria à minha disposição para ajudar em tudo. Levou-me para uma espécie de camarim, onde eu deveria aguardar até a hora de início; um lugar confortável, com poltronas, material para escrever e uma mesa com biscoitos e suco de laranja. Explicou-me como seria o julgamento:

– No papel de juiz, como você sabe, teremos um advogado muito conhecido aqui em Santo Inácio, o doutor Jesuíno Fontes, que aliás já leu *Dom Casmurro* seis vezes, segundo ele próprio me disse. O júri, com doze pessoas, também já está a postos. Colocamos urnas na sala para que o público possa votar também... Os jurados vão levar em conta esses votos na decisão final. Enfim, está tudo pronto.

Sorriu:

– Agora só depende de vocês.

Naquele momento entravam no camarim meus dois adversários. Ernesto Gonçalves, o Gênio, era um garoto baixinho, magrinho, com óculos de grossas lentes; vinha acompanhado por membros de sua equipe, dois rapazes e uma menina, todos radiantes, e aparentemente certos da vitória. Quanto ao Fuinha, fazia jus ao apelido; tinha uma cara de fuinha, mesmo, de bicho desagradável. O Gênio me cumprimentou efusivamente, mas o olhar que o Fuinha me lançou não antecipava nada de bom.

Entrou o juiz, o doutor Jesuíno Fontes. Era um homem já de idade, cabeleira e barba brancas, de baixa estatura, mas porte majestoso. Saudou-nos afavelmente e passou a explicar as regras do julgamento: cada um de nós teria trinta minu-

Ciumento de Carteirinha | 115

tos para apresentar nossos argumentos a favor ou contra a suposta traição de Capitu. Depois haveria um período em que responderíamos a perguntas e debateríamos entre nós. Finalmente o júri e as pessoas presentes no "tribunal" votariam, e ele, o juiz, daria o veredito.

Valéria veio dizer que o público estava impaciente: já eram duas e meia, e o início havia sido marcado para as duas. Fomos para o palco. A plateia, entusiasmada, nos recebeu com palmas, gritos, assobios. O doutor Fontes tomou assento à mesa principal, nós três ficamos numa mesa ao lado. Os jurados, doze, estavam sentados em cadeiras numa lateral do palco.

O doutor Fontes abriu os trabalhos. Primeiro, fez um resumo de *Dom Casmurro* e falou sobre a polêmica que o livro sempre suscitara; a seguir disse que, graças ao patrocínio da fábrica de sabonetes, teríamos ali em Santo Inácio um julgamento original em que "três talentosos jovens" (palavras dele) defenderiam seus pontos de vista. Pediu ao público que prestasse atenção e que participasse votando.

Enquanto ele falava, eu olhava para a plateia. O cinema estava cheio, com gente em pé, inclusive. Havia vários fotógrafos, e também uma equipe de tevê, o que me deu um frio na barriga: eu tinha certeza de que estavam ali por causa da carta. Que eu trouxera numa pasta de cartolina, junto com o texto da acusação a Capitu. A pasta, aliás, estava úmida: eu suava abundantemente.

Na plateia, rostos conhecidos: meus pais, o professor Jaime, a professora Sandra, Vitório, Nanda; mas Júlia eu não estava enxergando. O que só fazia aumentar minha ansiedade. Teria ela se recusado a vir? E o que significaria essa recusa? Seria o rompimento definitivo? A possibilidade me angustiava, mas acabou me dando raiva: "Se ela quer terminar", pensei, "que termine de uma vez, que fique com seu amado Vitório, não preciso mais dela".

Não. Não era verdade. Eu não precisava mais da Ju? Precisava, sim. Precisava desesperadamente. Eu a amava, e aquela ausência chegava a me provocar uma dor física. Tentei tranquilizar-me; quem sabe tinha acontecido alguma coisa, quem sabe ela adoecera, era muito sujeita a dores de cabeça...

De repente vi, sentado na primeira fila, um homem de óculos escuros e cara impassível, que parecia me mirar atentamente. Por alguma razão aquela figura estranha me deixou inquieto. Ocorreu-me que poderia ser o tal do perito, pronto para se vingar de mim. Eu já estava imaginando aquele homem se levantando e dizendo: "Meritíssimo Juiz, desejo contestar a prova que está sendo apresentada pelo senhor Francesco Formoso de Azevedo. A suposta carta do Machado de Assis, Meritíssimo, não passa de uma fraude!". Seria uma vergonha, seria o meu fim... Mas agora era tarde para tomar qualquer providência. O jeito era vencer o medo e ir em frente.

Começaram as apresentações.

O primeiro foi o Gênio.

Fazendo jus ao apelido, mostrou-se brilhante. Os argumentos que listou para provar que Capitu não traíra Bentinho eram os clássicos, aqueles mesmos que tinham surgido na conversa que havíamos tido no salão paroquial, Vitório, Júlia, Nanda e eu. Mas ele os apresentou de forma lógica, numa linguagem refinada; mais, era um orador nato (pelo que sei, hoje é um advogado bem-sucedido). A todo instante era interrompido por aplausos, apesar das advertências do juiz, que chamava a atenção do público para a limitação de tempo. Não podia haver dúvida: era o candidato preferencial do pessoal de Santo Inácio.

E aí veio o Fuinha.

Era uma apresentação que eu esperava com muito receio. "O que será que este cara está aprontando?", eu me perguntava. Mas, para minha surpresa, Fuinha não tinha nenhum truque preparado. Defendeu a ideia de que Capitu traíra, sim. Seus argumentos eram bons — afinal, por alguma razão havia sido selecionado —, mas a apresentação não passou do convencional. Ao contrário do Gênio, não era bom orador. Tinha uma voz fanhosa, monótona, falava sem qualquer convicção. Quando terminou, recebeu alguns aplausos e sentou-se, sorrindo sempre.

Aquele sorriso me deixou com a pulga atrás da orelha. Será que o cara não estava aprontando alguma? E será que não teria algo a ver com a minha própria apresentação, com a carta que eu iria mostrar? Eu olhava o homem de óculos escuros na primeira fila. Se ele fosse o perito, como eu imaginava, e se tivesse se acertado com o Fuinha, eu estava bem arranjado. Já podia vê-lo pedindo licença ao juiz para chamar ao palco alguém capaz de avaliar a autenticidade da prova que eu apresentava. E aí o homem rapidamente viria (não por acaso estava sentado na primeira fila), olharia a carta e proclamaria para o público: "A suposta prova que o senhor Francesco nos traz, Meritíssimo, não passa de uma fraude!". Um golpe espetacular, que poderia inclusive valer ao Fuinha muitos votos do júri e do público, e quem sabe até a vitória no julgamento.

Tudo aquilo podia ser fantasia minha, claro. Mas a verdade é que eu ia, mesmo, cometer uma fraude, e agora tinha plena consciência disso. Deus, a que ponto eu tinha sido levado pelo ciúme! Em matéria de ciumeira, eu era muito pior

que o Bentinho, e agora me dava conta do tremendo problema que criara para mim mesmo. O meu pânico era tanto que chegava a me sentir mal, tonto, prestes a desmaiar.

O juiz me chamou:

— O senhor Francesco Formoso de Azevedo, por favor.

Lembrou-me de novo o tempo de que eu dispunha, fez um gracejo com o nome Formoso e pediu que eu tomasse o meu lugar na tribuna. E ali estava eu, diante do microfone, a pasta de cartolina nas mãos geladas, úmidas de suor. Diante de mim a imensa plateia, em silêncio, na maior expectativa. "A sorte está lançada", pensei. Eu iniciara mentindo, terminaria mentindo. Só esperava que meu desespero, minha angústia, minha amargura, dessem impressão de sinceridade, de veracidade. Mentindo? Sim. Eu estaria mentindo. Mas meu sofrimento era autêntico, verdadeiro.

Segundo meus planos, eu deveria começar com uma frase de efeito: "Capitu traiu". Faria uma pausa, listaria meus argumentos. Nova pausa e eu diria: "Mas há um argumento ainda mais forte que esses, senhores e senhoras. Há uma voz mais convincente do que a minha, senhores e senhoras. É uma voz que vem ecoando desde um passado longínquo, a voz que traz consigo a autoridade do grande mestre, do autor de *Dom Casmurro*. A voz de ninguém menos do que Machado de Assis!". Mais uma pausa, a última, e eu concluiria com voz tonitruante, brandindo a folha de papel: "Sim, senhoras e senhores! É o próprio Machado que nos diz, nesta carta até hoje inédita, que Capitu traiu!". E aí, sempre segundo minha expectativa, palmas, e aplausos, e gritos, e assobios, e os *flashes* brilhando, e as luzes das câmeras...

Respirei fundo.

moacyrscliar

E então avistei-a.

Júlia.

Vinha caminhando pelo corredor do cinema, em passos firmes, em minha direção. Olhava-me: tranquila, serena. Amorosa. Sim: amorosa. Deus, Júlia nunca me olhara assim, nunca; era como se tivesse guardado todo seu sentimento para mostrá-lo naquele instante decisivo. Eu agora tinha tanta certeza do seu amor, como tinha certeza de estar vivo. Júlia veio vindo. Chegou a uns cinco metros do palco, sentou-se no chão e ali ficou a me olhar.

As lágrimas me corriam pelo rosto, em meio ao silêncio tumular que baixara sobre o cinema.

Enxuguei os olhos, abri a pasta de cartolina.

Fechei a pasta de cartolina.

Não, eu não usaria aquilo.

Mostrei a pasta ao público:

– Senhoras e senhores, esta pasta contém a acusação que eu faria a Capitolina Pádua, conhecida como Capitu. Eu a acusaria de ter traído seu marido Bento de Albuquerque Santiago, o Bentinho. E eu faria isto, senhoras e senhores, listando argumentos que são de todos conhecidos e que foram agora há pouco expostos por meu adversário Ramão Oswaldo. Argumentos estes previamente refutados, e com brilhantismo, por Ernesto Gonçalves. Até aí estaríamos em terreno conhecido. Mas então, senhor juiz, mas então, senhores jurados, mas então, meus senhores e senhoras, eu, como se costuma dizer, tiraria da manga a carta oculta. Então eu recorreria a meu secreto trunfo. Eu mostraria a vocês uma carta de Machado de Assis, esta carta.

Abri a pasta de cartolina, tirei dali a carta, mostrei-a ao público.

Ciumento de Carteirinha

– Esta carta, senhores e senhoras, diz que, para o autor do livro, Capitu traiu, sim, Bentinho. E esta carta traz a assinatura do próprio autor do livro, de Machado de Assis.

Interrompi-me; aquilo era demais para mim, uma sobrecarga que eu não podia aguentar. Mas, fazendo um enorme esforço, continuei:

– Só que esta carta infelizmente é falsa. Esta carta foi escrita por mim. Deu trabalho: tive de estudar a caligrafia de Machado de Assis, tive de arranjar papel, tinta e caneta daquela época... Fiz força, e o resultado não foi ruim. Mas a carta é uma fraude, minha gente. E eu não vou apresentá-la. Prefiro admitir meu erro. Prefiro ser derrotado.

Júlia olhava-me, as lágrimas correndo por seu rosto. Voz embargada pela emoção, prossegui:

– Decidi não levar adiante a farsa. E sabem por que decidi isso? Porque aqui, neste salão, há uma garota que eu amo e que, agora eu estou seguro disso, me ama também. Uma garota que me prefere derrotado a mentiroso. Para nós, do Colégio Zé Fernandes, seria muito importante vencer; precisamos do dinheiro para reconstruir nossa escola que, como vocês sabem, foi quase destruída por uma avalanche. Mas ganhar o dinheiro assim não dá, gente. Simplesmente não dá. Dinheiro também tem preço, e eu não posso pagar o preço que este dinheiro custa; não posso mentir. Eu não sei o que se passou entre Capitu e Escobar. O que eu sei, com certeza, é que Bentinho foi vítima dessa doença – porque, gente, é uma doença – chamada ciúme. O ciúme, como um monstro de mil tentáculos, aprisionou Bentinho, estragou a vida dele e prejudicou todas as pessoas a seu redor.

Detive-me, ofegante, mas agora já não tinha mais dificuldade de falar. Agora as palavras brotavam de dentro de mim, livres, soltas. Olhei a plateia: estava verdadeiramente arrebatada. Papai e mamãe olhavam-me, evidentemente orgulhosos do filho que tinham criado. Orgulhosos estavam também os meus professores, Jaime e Sandra. O Jaime chegou a me acenar, fazendo o "V" da vitória. Meus colegas estavam prontos para saltar da cadeira e me aplaudir. E até o pessoal que não torcia por nós, o pessoal de Santo Inácio, parecia impressionado. Respirei fundo e continuei.

– Ciúme é doença, gente. Ciúme, para as pessoas, é um desastre, como aquele desastre que atingiu a nossa escola. Só que, no caso do ciúme, o desastre é o resultado de fantasias, de conflitos. Vocês vão me perguntar: e como é que você sabe? Você não é o Machado de Assis. Não, não sou o Machado. Aprendi muito com o livro dele, mas não sou o Machado. Ele me ajudou a ver o que se passava comigo mesmo. Porque, como o Bentinho, vivi o ciúme de maneira intensa. O ciúme bagunça a nossa cabeça, faz com que a gente veja coisas que não existem. Eu cheguei a suspeitar da minha namorada, da garota que eu amo. Cheguei a brigar com ela, fiz um papelão, inventei esta história toda, esta mentira da carta do Machado. Mas agora, na frente dela, e na frente de vocês todos, eu peço perdão a ela, como peço perdão a vocês todos, meus amigos de Santo Inácio e de Itaguaí. Ju, quero dizer a você: eu te amo! Eu te amo, Ju querida!

Saí de trás da tribuna, saltei do palco, metro e tanto de altura, e corri para abraçá-la, enquanto o público simplesmente delirava. E ali ficamos abraçados, completamente desligados do que se passava a nosso redor. Minha mãe soluçava, meu pai e Vitório sorriam...

15 | *Resultado surpreendente*

Chegava o momento da decisão.

Nós todos agora sentados, o doutor Jesuíno pegou o microfone. Começou dizendo que o julgamento tomara um rumo completamente inesperado, "por tudo aquilo que vocês viram":

– Teoricamente, deveríamos comparar argumentos e eventuais provas. Um dos concorrentes, contudo, fez diferente: ele deu seu testemunho pessoal. Ele mostrou como havia se identificado com o personagem Bentinho. Ou seja, as regras não foram exatamente seguidas. Por causa disso, e em comum acordo com os nossos jurados, proponho que transformemos este julgamento num debate, seguido de uma votação final. Coloco, portanto, a palavra à disposição de quem dela queira fazer uso.

Fuinha deu um passo à frente:

– Eu quero falar.

E falou mesmo. Em contraste com sua medíocre apresentação, agora mostrava-se bem articulado:

Ciumento de Carteirinha | 125

– Meu adversário Francesco Formoso de Azevedo foi muito sincero, mas, convenhamos, não foi convincente. A mim, pelo menos, ele não convenceu. Mais do que isto, e como disse o senhor juiz, não seguiu exatamente as regras. Por último, e como ele próprio confessou, preparou uma prova falsa com a qual pretendia nos enganar. Não chegou a esse extremo, mas a intenção existiu. Por causa disso, acho que só dois candidatos devem ser avaliados, eu próprio e meu colega Ernesto Gonçalves. Portanto, proponho que o candidato Francesco Formoso de Azevedo seja eliminado da competição.

Uma enorme agitação apossou-se do público; meus colegas, por exemplo, protestavam indignados. E aí o Gênio pediu a palavra. Fez-se então silêncio, silêncio completo, absoluto:

– Naturalmente – começou ele –, inscrevi-me para ganhar esta competição e preparei-me para isto. Durante meses li e discuti com meus colegas o romance de Machado de Assis, em busca de conclusões e de provas que apoiassem essas conclusões. Modéstia à parte, acho que fiz um bom trabalho e, quando aqui cheguei, tinha a convicção de que venceria a disputa. Mas agora mudei de ideia. E mudei de ideia por causa da apresentação do Francesco Formoso de Azevedo. Ele não disse o que achava do livro, ele descreveu os sentimentos e as emoções que *Dom Casmurro* provocou nele. E, meus amigos, acho que assim correspondeu ao sonho de todo escritor que quer, antes de mais nada, mobilizar seus leitores, fazer com que vivam intensamente a história que está sendo narrada. Francesco Formoso de Azevedo dirigiu-se a nós como se estivesse falando de dentro do romance, como se a trama do livro e sua própria vida fossem uma coisa só. A franqueza dele foi impressionante e mostra como se identificou com o autor. Por causa disso eu renuncio à competição em favor de meu colega Francesco.

Um aplauso ensurdecedor tomou o local. O juiz a custo tentava acalmar o público. Por fim, conseguiu fazer-se ouvir:

– Meus amigos, já ouvimos argumentos de parte a parte. Agora temos de decidir. Como eu disse antes, vamos atribuir tal decisão ao público que aqui está: achamos, os senhores jurados e eu, que esta será uma forma mais democrática. Sei que existem urnas à disposição, mas como, na prática, só temos dois candidatos, acho que podemos fazer a escolha pelo simples método de levantar os braços. Levantem, pois, as mãos, aqueles que votam no senhor Francesco Formoso de Azevedo.

Uma verdadeira floresta de braços ergueu-se. Braços masculinos e braços femininos, braços jovens e braços maduros, braços brancos, negros, morenos. Não havia dúvida. O juiz pôs-se de pé:

– Proclamo vencedor...

Uma pausa dramática...

– ... o senhor Francesco Formoso de Azevedo!

O cinema quase veio abaixo com os aplausos. Júlia e eu fomos carregados em triunfo porta afora.

De Santo Inácio fomos para Itaguaí, rumo ao salão paroquial. Ali uma festança foi improvisada e estendeu-se até meia-noite.

Já na semana seguinte a escola começou a ser reconstruída. O estrago havia sido tão grande que o dinheiro foi justamente a conta, mas conseguimos terminar a obra e em um mês a escola estava funcionando de novo. Jaime agora nos falava sobre Machado de Assis numa sala bonita, bem iluminada; na parede do fundo, emoldurada, a carta que me proclamava vencedor do concurso realizado em Santo Inácio.

***

Como eu disse, doze anos se passaram, mas continuamos amigos, todos os quatro da velha turma. Estamos formados; Vitório é jornalista, Nanda é psicóloga, eu sou engenheiro, Ju é socióloga. Nós dois estamos casados, e temos um filho, o Ezequiel, que está com seis meses, e é um lindo garoto. Vitório e Nanda saem com a gente; mas, apesar de nossos esforços, não decidiram ainda "juntar os trapinhos", para usar uma expressão antiga ainda comum em Itaguaí. Quando nos reunimos, e não há semana em que a gente não se reúna, invariavelmente falamos dos livros que estamos lendo, dos livros que já lemos um dia – livros que, garanto a vocês, fizeram nossa cabeça. A gente aprendeu muita coisa com obras como *Dom Casmurro*, muita coisa que vem nos ajudando pela vida afora. E, muito importante, aprendemos com prazer e emoção.

Como dizia o professor Jaime: livro bom é aquele que emociona, que ensina através da emoção e do prazer.

Livro bom é aquele que se confunde com a nossa própria vida.

Acho que Machado assinaria embaixo dessa frase. Sem que ninguém precisasse imitar a assinatura dele.

moacyr scliar *Bastidores da criação*

*M*achado de Assis é o grande guru dos escritores brasileiros. *Dom Casmurro* é sem dúvida o mais popular dos seus livros. Em primeiro lugar fala de uma coisa universal, pela qual todos passamos em algum momento de nossas vidas: o ciúme. E o faz por meio de uma história realista, comovente e muito brasileira – Machado retrata com perfeição a sociedade de seu tempo. Finalmente temos o jogo que o autor estabelece com o leitor, deixando o final em aberto: Capitu traiu ou não traiu? É uma dúvida que até hoje provoca muita discussão. E foi exatamente essa dúvida que me serviu de ponto de partida para o livro.

Eu queria escrever uma obra inspirada em *Dom Casmurro*, mas com personagens da atualidade, gente como os jovens leitores com quem frequentemente converso em escolas. Ora, concursos em colégios é coisa comum e debates sobre *Dom Casmurro* acontecem a todo instante. Aos poucos a história foi surgindo da minha cabeça. É uma história que tem basicamente quatro personagens, como o próprio livro do Machado, só que agora se trata de estudantes. Mais: um deles, o Queco, também se vê, como Bentinho, às voltas com o ciúme. E, como às vezes acontece com ciumentos, ele perde o controle sobre suas próprias emoções, envolvendo-se numa grande confusão.

Em tudo isto há uma lição importante: precisamos conhecer a nós mesmos. Precisamos saber quando estamos agindo de maneira racional e quando somos movidos por impulsos que não conseguimos controlar. Isso foi o que aconteceu com Bentinho e, no livro de Machado, vemos o resultado: ele acaba sozinho. Isso não é bom para ninguém. Uma lição que a gente deve aprender muito cedo, na infância, na juventude. É a mensagem que tentei transmitir, e que se constitui numa homenagem aos jovens leitores e ao grande Machado de Assis.

Biografia

Moacyr Scliar nasceu em Porto Alegre, 1937. Foi sua mãe, uma professora primária, que o alfabetizou e despertou no futuro escritor o amor pela literatura.

Scliar gostava de lembrar que em sua família de imigrantes do Leste europeu todos eram bons contadores de história. E essa alegria em compartilhar experiências de vida e *causos* foi decisiva para conduzi-lo ao mundo dos livros.

E bota "mundo" nisso. A obra de Scliar conta com mais de oitenta títulos. E em quase todos os gêneros, do romance à crônica, do ensaio à literatura infantil. Tantos e tão variados títulos fizeram de Scliar um dos autores mais respeitados no Brasil e no exterior, premiado muitas vezes (Jabuti de 1988, 1993, 2000 e 2009, dentre outras premiações) e com leitores em países como Suécia, Estados Unidos, Israel, França e Japão. E, em 2003, o escritor ingressou na Academia Brasileira de Letras. Uma grande honra, sem dúvida: o coroamento de uma vida inteira dedicada a entreter e a encantar leitores de todas as idades, em especial os jovens.

Formado em Medicina, Scliar começou na literatura com um volume intitulado *Histórias de um médico em formação*.

Alguns anos depois, no final da década de 1960, começou a chamar a atenção do público com os contos de *O carnaval dos animais*. Nessa obra, iriam aparecer aquelas características que marcaram para sempre seus livros: enredos fantásticos, personagens irreverentes e muito humor. Mas um humor diferente, meio estranho,

Acervo do autor

incomum. Tanto que uma de suas maiores influências sempre foi o escritor checo Franz Kafka (1883-1924), que escreveu *A metamorfose* (a famosa história do caixeiro-viajante que acorda transformado num inseto gigantesco) e, por incrível que pareça, era também um autor que apreciava histórias de humor.

Apesar de ter viajado pelo mundo, Scliar sempre morou em sua cidade natal. Era em Porto Alegre que ele vivia com sua mulher, Judith, e com o filho, o fotógrafo Beto. O que não quer dizer que apenas a capital gaúcha tenha sido o cenário de suas obras. Como você poderá conferir, neste e em outros livros do autor, a imaginação de Scliar também tinha um passaporte cheio de carimbos: ele foi um autor universal.

Moacyr Scliar faleceu em 2011.

Por dentro da história

O Brasil se torna República

Quando *Dom Casmurro* foi publicado, em 1899, havia apenas dez anos o Brasil se tornara República e havia onze a escravidão fora abolida. Com a proclamação da República, em 15 de novembro de 1889, ocorreram mudanças substanciais na conjuntura sociopolítica do país. A família real portuguesa foi mandada embora do Brasil, de volta para a Europa. O Estado, que se achava intimamente vinculado à Igreja, se separou dela. A primeira Constituição daqueles novos tempos foi aprovada e promulgada em 24 de novembro de 1891. Ela estabelecia o presidencialismo e o federalismo como sistema e forma de governo. O regime monárquico virava história do passado.

"O Congresso e a Constituição", charge de Pereira Neto publicada na *Revista Ilustrada* em 1891.

O fim da escravidão

Com a abolição da escravatura, determinada pela Lei Áurea, de 13 de maio de 1888, todos os brasileiros se tornaram homens livres. O terreno para que isso acontecesse já vinha sendo preparado fazia algum tempo. Em 1850, por pressão internacional, era decretada a extinção do tráfico negreiro. Duas décadas depois, em 24 de setembro de 1871, quando já não existia mais escravidão no mundo, foi aprovada a lei que libertava os filhos das mulheres escravas, a chamada Lei do Ventre Livre. Com essas duas medidas, não era mais possível obter novos escravos. Assim, a escravidão já se encaminhava para seu fim quando foi definitivamente proibida.

Litografia a partir de desenho de Johann Moritz Rugendas, *Negros no fundo do porão*, 1835.

Nome...
Ano................................ Ensino......................
Escola..

Suplemento *de leitura*

editora ática

Ciumento de Carteirinha, *de* moacyr scliar

Francesco só teve a ganhar com a leitura de *Dom Casmurro*. Por meio da história de Machado de Assis, compreendeu que sentimento era aquele que se apossava dele e, de lambuja, arrebatou o prêmio do concurso, ajudando sua escola a se reerguer. Vamos, agora, refletir

2. Ao longo da história, o autor lança mão de uma série de expressões a fim de qualificar as atitudes e descrever as ações dos personagens. Relacione as expressões listadas abaixo com seus respectivos significados:

a. tirar o corpo fora   c. rei na barriga

( ) Vitório descobre que há um concurso na cidade vizinha, com prêmio em dinheiro, em que se simulará o julgamento da personagem Capitu, de *Dom Casmurro*.

( ) Francesco é chantageado por um grafologista.

( ) Vitório e Júlia declaram acreditar que Capitu não traiu Bentinho.

( ) O teto da escola cai sobre o professor Jaime.

( ) Francesco, Vitório, Júlia e Nanda se mobilizam para ler *Dom Casmurro*, de Machado de Assis.

( ) Francesco diz que tem um documento que prova a traição de Capitu.

( ) Francesco ganha o concurso.

( ) Francesco forja uma carta escrita por Machado de Assis.

5. O livro de Moacyr Scliar apresenta vários casos paralelos de traição ou de ciúme. Você lembra que casos são esses? Marque verdadeiro (V) ou falso (F) nas alternativas abaixo.

( ) Poucos meses antes do acidente na escola, a

b. Por que Francesco decide acusar Capitu? Ele acredita mesmo na culpa dela?

7. Francesco alega ter um documento que comprovaria definitivamente o adultério de Capitu. Como se trata de um blefe, ele forja uma carta, supostamente escrita pelo próprio Machado de Assis, na qual o autor incrimina

odução proibida. © Editora Ática. Elaboração: Verônica Stigger. Edição: Fabio Weintraub.

( ) Nanda sente ciúme de Vitório e, por isso, defende que Capitu traiu.

( ) A professora Sandra traía o marido com o professor Jaime.

( ) A cachorrinha Sapeca demonstra ter ciúme do livro que Francesco lê.

( ) Porque ele quer ganhar o concurso a qualquer custo.

( ) Porque ele sente ciúme de Júlia com Vitório.

( ) Porque ele quer enganar os amigos.

( ) Porque ele quer se opor aos amigos, que defendem a inocência de Capitu.

6. O concurso, cujo prêmio em dinheiro pode ajudar a reconstruir a escola, gira em torno da maior dúvida que o romance *Dom Casmurro* suscita em seus leitores: Capitu traiu ou não traiu seu marido Bentinho? É esta questão que deve ser respondida durante a encenação do julgamento. Tendo isso em mente, tente responder às perguntas que seguem.

a. Qual a opinião dos amigos de Francesco no que se refere à fidelidade de Capitu?

....
....
....
....

C O escritor é você

8. Em *Ciumento de carteirinha*, vimos Francesco cometer loucuras por causa do ciúme que sentia em relação a Júlia. Você já passou por alguma situação parecida? Relate essa experiência ou tente imaginar como uma pessoa transfigurada pelo ciúme poderia agir. Boa sorte e mãos à obra!

....
....
....
....

Este suplemento é parte integrante da obra **Ciumento de carteirinha**. Não pode ser vendido separadamente

1. Você deve ter percebido que a história de *Ciumento de carteirinha* é narrada na primeira pessoa do singular. Em *Dom Casmurro*, Machado de Assis lança mão do mesmo expediente. Dessa maneira, o autor determina que os fatos sejam transmitidos ao leitor a partir de um único ponto de vista, aquele do narrador. Se Júlia narrasse a história, talvez nunca houvesse dúvida sobre sua fidelidade a Queco. Agora, tente reescrever o trecho abaixo a partir do ponto de vista de dois outros personagens da história.

"Pareceu-me que Júlia correspondia ao abraço dele com mais entusiasmo do que devia. E que história era aquela de beijo, mesmo no rosto? Não, não gostei. Mas não disse nada; afinal, aquilo podia ser só uma manifestação de amizade."

....
....
....
....

( ) livrar-se de alguma situação ou ....
( ) ir morar junto, como casal
( ) aquele que muda de partido, time ou opinião

3. Ao ler *Dom Casmurro*, Francesco se dá conta de que é o olhar de Capitu que faz brotar o ciúme em Bentinho. Para este último, os olhos da garota eram "olhos de ressaca". Como você compreende essa expressão?

....
....
....
....
....

B Entrando na história

4. *Ciumento de carteirinha* se constrói a partir de uma sucessão de acontecimentos. Vamos tentar ordenar os fatos da história? Enumere os eventos a seguir conforme a ordem em que aparecem no livro.

Machado de Assis: neto de escravos

Foi neste contexto histórico que Joaquim Maria Machado de Assis (1839-1908) escreveu seus contos e romances. Neto de escravos e filho de um pintor de paredes negro com uma lavadeira portuguesa, Machado de Assis nasceu mulato num país escravista. No entanto, teve uma vida atípica em vista de sua condição social.

O jovem Machado de Assis, em foto de Insley Pacheco.

O jovem Machado e seus pais contavam com a proteção de uma rica proprietária de terras, que fora madrinha do escritor. Em função disso, Machado de Assis foi criado entre a pobreza da casa dos pais e a riqueza da chácara da madrinha. Recebeu educação e aprendeu línguas. Trabalhou como tipógrafo e, durante a década de 1870, foi funcionário público no Ministério da Agricultura, junto à seção que se responsabilizava por colocar em prática a Lei do Ventre Livre. Em 1897, assumiu a primeira presidência da Academia Brasileira de Letras, a qual ajudou a fundar.

Dom Casmurro: *ciúme e organização social*

As relações entre as diferentes classes sociais, que Machado de Assis viveu de perto, estão expressas em seus livros. Em *Dom Casmurro*, cuja ação se passa entre 1857 e 1871, Bento Santiago, o narrador da história, é proprietário de terras e de escravos. Sua mulher, Capitu, é de família mais pobre, que deve favores aos Santiago. Ela representa, portanto, uma classe mais baixa, enquanto Bentinho faz parte da elite. É por essa moça menos abastada que ele sentirá um ciúme doentio. Algo nem sempre evidente à primeira leitura é que as dúvidas de Bentinho quanto à fidelidade da esposa estão em parte relacionadas a esse desnível social, à distância de classe existente entre ambos. O que comprova que o ciúme não é apenas um dado atemporal da natureza humana, mas um sentimento enraizado na história, ligado a determinadas condições de organização familiar e social.

O ciúme (1896), litografia do pintor e gravador norueguês Edvard Munch (1863-1944).